肖　燕

　　生活繁杂喧嚣，何处是安宁？
　　是不是偶然，一只无形手将我推进一片空旷神秘之地。我和泥制砖，构筑心中山野村舍。这里人来人往，住户累聚，彼此素未谋面，却毫不陌生！这里有奇幻的异时空，也回荡着远古生命的呐喊。
　　这，就是我心深处，小说的世界。在这儿，我安静地造着我的房子。
　　请留步。《阿温》《马尾天神》《空气层》邀你来坐坐。

黄千惠

　　我，今年30岁，果断把身心抛入到管理咨询事业中。但这似乎并不是生活的全部。
　　受到理性的规训，一些野性而温柔、华丽而冷峻的内在动机，被暂时冰封起来。远古生命发出呐喊，那些冰封的动机呼之欲出！于是，就这样开始了人生中第一次插图创作。
　　在创作的过程中，我用相机捕捉生灵的原貌，与远古的神性对话，执着于结构、色彩、角色的设计，用画面言说不同的理念与情绪，完成了一次始于偶然、终于热情的尝试。
　　我们始终可以用喜欢的方式与世界分享我们的内在！

通天神

肖燕 —— 著

黄千惠 —— 绘

《山海经·西山经》

又西三百二十里，曰槐江之山。丘时之水出焉，而北流注于泑水，其中多蠃母。其上多青雄黄，多藏琅玕、黄金、玉。其阳多丹粟。其阴多采黄金、银。实惟帝之平圃，神英招司之，其状马身而人面，虎文而鸟翼，徇于四海，其音如榴。南望昆仑，其光熊熊，其气魂魂。西望大泽，后稷所潜也。其中多玉，其阴多榣木之有若。北望诸毗，槐鬼离仑居之，鹰鹯之所宅也。东望恒山四成，有穷鬼居之，各在一搏。

《山海经》在几千年历史长河中，见证了我们一代又一代的后人沿着祖先的足迹走到今天。它所蕴含的坚韧顽强、永不屈服的勇气和毅力是我们在前行的路上不断克服艰难险阻的力量源泉。

《山海经》里有很多我们耳熟能详的神话传说，直至今日依然熠熠生辉。这些神话具有超凡的想象力，描绘的形象千奇百怪，令人惊叹！它们饱含了远古童年时期的天真和幻想，是绚烂多姿、光怪陆离的，也是博大深邃的，滋养了我们无数后代的心灵。

《通天神》是以《山海经》为源泉创作的一部长篇神话小说。它汲取了《山海经》简洁的神话精髓，用小说的形式来描绘远古时代的恢宏场面，刻画诸神的形象。

《山海经》中的神是先人的想象和创造，所以，我想他们应该既有超凡的神性，也同时是具有人性的，他们既是超能力的神，也是有血有肉的人。

《通天神》既写了战争，也写了战争之外的生活，展示了众神多层面的神性与人性。倾听远古的回响，那里有宏大壮阔的世界，更有无处不在的苍劲与豪迈。千古风流，江河奔腾接天际。

长篇神话小说《通天神》是向《山海经》的致敬之作。

注：本书所引用的《山海经》原文及相关创作资料来自上海古籍出版社2015年版的《山海经》、北京联合出版公司2016年版的袁珂所著的《中国神话传说》等。

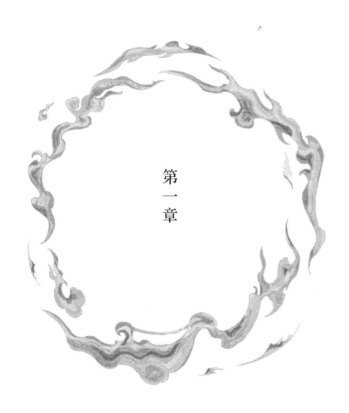

第一章

01

　　天帝有座宫阙，叫穹宇。它高悬于云海之巅，巍峨磅礴。天晴的时候，远远地望去，它在云中若隐若现。如果是在都广野或是其附近的高山上，还能看得到它深深浅浅的轮廓。下大雨的时候，雨幕上也会有隐约的倒影。穹宇虽然看得见，但是飞得再高再快的鸟兽即便穷尽性命也是到不了那里的，就算离近了，穹宇周边的云也会将其推开，就像被一阵风吹走似的。穹宇在下界看来，既高且远，岿然不动，而在天界却是凭借天帝的巨大神力，才稳稳地定在了西南都广野的上方，不管是谁，身处穹宇都感觉稳如磐石。都广野是天地的中心，天帝在那里上下。除了天帝，也只有仙人、巫师和天帝应允的奇珍异兽才能由此上下穹宇。

　　都广野也是黑水流经的地方，土地丰饶，生长着膏菽、膏稻、膏黍、膏稷等各种谷物，冬夏都可以播种。灵寿、丹木、棕、梓等大树枝繁叶茂、花果飘香，松树也格外得苍翠葱茏。这里的草极其坚韧，能抵御寒冬和炎夏。鸾鸟和凤鸟则尽情地歌唱和舞蹈，各种鸟兽群居栖息。

　　最特别的就数建木了。它生长于都广野，树干高达百仞，直戳云霄，树身是赤条条的，不生枝叶，树根则盘旋交错，强韧坚实，遭遇狂风暴雨，树身也不会摇晃，而树的顶端长有蜿蜒曲折的树枝和浓密的叶子，看上去像一只蓬密结实的遮阳盖。建木的叶子是青色的，像芒树叶，茎干为紫色，花朵是黑色的，果子为黄色，看着像麻子。正午的太阳照在建木顶端，建木四周的地上看不到它的影子，若是有谁大喊一声，那声音一出就像瞬间被吸走一般，喊的人便会以为自己跌落了虚空之中。建木是神树，据说是天帝栽种的，后来它成了天帝上下穹宇的天梯。很多飞禽走兽也想由天梯上得穹宇。它们凭借很强的攀爬能力，能到极高处，但最后都滑落下来，而那些顺着建木往上飞的，不管如何用力也都飞不到它的顶端。天帝上下天地时，只需将身子靠住树干，凝神静气，吐出一串难解之语，随后贴着树身急速旋转，或上升或下降。有些偷窥者模仿天帝的口语和动作，以为这样也可以上到穹宇，从此过得舒适，甚至越发威武强悍。然而，天帝每次上下，口语都不同，没有谁能听懂，就算模仿得惟妙惟肖，也都没有用。

　　天帝住在穹宇时，下界的消息是由掌管各处的天神派神鸟青耕或婴勺顺着天梯飞上去通报的。

　　天帝是威武的，一直雄霸天下。谁也不知道天帝到底活了多久，估计连他自己也不清楚，至于以后还能活多久，更是不得而知。都说天帝是众神之神，神是不会死的，天帝自己也这么想。只是，这怎么证明呢？天帝少不得服食各类不老仙丹。灵山的巫师们将那里的珍稀长寿药材送到穹宇，并献上新的秘方。只要天帝威风凛凛，叱咤风云，天下就不至于大乱，巫师的神药也便是长生不老的仙丹。在众生眼里，天帝集天地之气，威震四方，享受着美味珍馐和世间宝物，还有什么比这更值得羡慕的？

　　只是，在天帝看来，他的日子并不都是好过的。作为掌管四方的天帝，即使天下太平，也要时时留意下界各方的动静，防患未然；哪里有了动乱，还得及时征战平息，其中的辛苦自不必说。天帝高大魁梧，非一般人神可比；他的手掌力量巨大，出手稳准狠，能快速逮住周围的飞禽走兽，更别说拔去一棵参天大树；天帝的脸能转四面，以便时刻观察天下各方，不过即便如此，还是会看管不周，时有疏漏。

　　这天，天帝巡游后到昆仑山歇息，天神陆吾报告说，就在前一天，葆江被杀害了。

　　葆江是负责看管恒山一带的天神。听到葆江被害，天帝震怒，"谁干的？"

　　陆吾说："听说是不知从哪儿来的、头上戴了麋鹿角的兽身人面神干的。"

　　"听说？听谁说的？先把他抓来！"

　　"钟山山神烛龙的儿子鼓和天神钦䲹说的，他们说亲眼看到兽身人面神杀了葆江。"

　　天帝想了一下，"那个戴麋鹿角的兽身人面神估计是麋引，他不在空桑山上待着，来这里做什么？"又对着陆吾，"这阵子在山上可曾见过？"

　　陆吾摇了摇头，"没有。"

"去钟山。"说罢，天帝起身就走。陆吾带着其他山神紧随其后。

他们很快到了钟山。天帝吩咐："把鼓和钦䲹叫来！"

鼓和钦䲹一见到天帝，就喊了起来："天帝呀，葆江死得冤啊！"

"你俩看到了葆江被害？"

鼓和钦䲹连连点头，跟捣蒜似的。

短暂沉默后，天帝问："既然看见了，怎么不把兽身人面神抓来？是抓不住？"

"哦，"鼓和钦䲹对看一眼，"他实在太厉害，葆江都被他杀了。"鼓说。

"说说，兽身人面神是怎么杀的葆江？"

鼓瞥一眼钦䲹，钦䲹赶紧说："他躲在树上，把网的一头扎在树冠上，然后朝葆江下了网。葆江没防备，被网住后怎么都挣脱不开。兽身人面神又跳下来，很快收起网缠到树上。"

"然后呢？"天帝冷冷地问。

"然后他就用粗麻绳将葆江勒死了。"鼓快速回道。

"嗯，说得倒像是这么回事。"天帝突然对着身边的雕棠树拍了一巴掌，树歪向一边。

鼓和钦䲹吓了一跳，身子跟着抖了一下。

"葆江从不惹事，兽身人面神为何要跑来杀他？"

鼓和钦䲹面面相觑，"兽身人面神或许想偷些玉膏回去，不料被葆江发现，以为葆江是专门看管玉膏的。他一准是害怕被抓后受到天帝的责罚，就干脆将葆江杀了。"鼓说。钦䲹连连称是。

玉膏是这一带天神和山神极爱的食物，天帝自不必说。它是一种玉树结的果子，看上去像乳白色的玉石，握着很温润，吃上去绵柔清甜，还有一股乳香，据说吃了能长生不老。而这样的玉树只长在钟山上，天帝到了昆仑山，玉膏总是会被送些过去。

"一派胡言！"天帝大怒，"哪有什么兽身人面神！明明是你俩杀了葆江！"

鼓和钦䲹吓得脸色大变，趴到地上叫喊："没有的事啊！天帝！""借我十个胆子也不敢呐！"

"哼！你俩一直嫉恨葆江，老找他的麻烦。别以为我不知道！"

"真没有啊！天帝！"钦䲹又喊。

"就、就算是我们和葆江相处得不怎样，也不能说是我俩杀的呀！"鼓说。

"我都看见了，还想赖？"天帝道。

钦䲹完全懵了，"怎么会呢？天帝不是今天一早才回来的？"

"钦䲹，瞎说什么！"鼓压低声音制止他。

可是，来不及了。一旁的陆吾忍不住道："原来是你俩杀的葆江！"说着就要动手，被天帝拉住。

天帝冷笑一声，"我提前回来了。"

"啊？"钦䲹大惊，随后直往天帝跟前爬，连声叫道："天帝饶命！"

鼓还是死死咬住不放，"我俩没杀葆江！"

"还敢抵赖！"

鼓偷偷望一眼天帝，知道瞒不过了，担心天帝出重手，会要了自己和钦䲹的命，索性叫喊起来："天帝凡事顾及葆江，防范我俩，还要将钟山交给葆江看管。那我和钦䲹呢？我不服！"

天帝强压怒火，"谁说我要将钟山交给葆江看管？"

"大家都在传！"鼓嚷。

"胡说！我怎么没听到？"陆吾呵斥道。

"谁知道你听没听到！"钦䲹也喊。

"你！"陆吾很气愤，真想给他一巴掌。

天帝道："葆江素来尽心尽力，哪像你们两个，整日就知道算计。别以为我不知道你俩私下勾当。"

"我俩有啥勾当？"

"是呀！天帝不能只信葆江胡言。"钦䲹一旁帮腔。

天帝不想再费口舌。他看看鼓和钦䲹，想到葆江白白丢了性命，再留着他们终是祸患，于是在钟山东面的瑶崖边，挥掌怒劈，杀了鼓和钦䲹。

失去了葆江，天帝心情沉重，无心再在昆仑山停留，很快便动身回穹宇。

穹宇入口处，雕着神兽草木的九道彩玉之门随着守护大神起的指令同时打开。众神兽、仙人等垂首迎候。

天帝望了望大家，没有看到帝后瑶媓。大概去了下界还没回来，他想。他什么也没说，径直往寝殿去。起紧随其后。起是天帝的族亲，总管穹宇事务。

寝殿内外没有太多的嘈杂声，只有一些仆从、杂役轻手轻脚地做着事。

玉石装饰的竹榻上，铺着用上好的条草编织的垫子。天帝坐了上去，靠在厚厚的靠垫上，舒一口气，神情略微放松了些。起看出天帝疲惫，似乎还有烦心事，就吩咐仆从端来了红枣莲芯茶。他想，天帝喝了能解乏，再睡个好觉，心情会好起来。天帝示意先放下。沉默了一会儿，他让起把所有的仆从打发出去。起撤走仆从后，自己也退了下去。

天帝走到寝殿外的露台上。夜幕降临，整个穹宇安静了下来。下界昆仑山周围明亮的火光闪烁着映射上来，使得穹宇在浓淡不一的云海中忽明忽暗，呈现出另一番景致。隐约间，连着天际的云雾贴着楼宇和围栏袅娜穿行，散漫于整个露台，就像此刻天帝内心的情愫。他任凭思绪飞舞，心中越发伤感。眼前是葆江被害，之前还有迟由和长丘，以及其他的天神和山神……怎么一个个都说走就走？要么离世，要么失踪。天帝想起早逝的小女瑶荀，仍能感觉到撕裂的痛。他真想再见到她和那些离去了的天神和山神们。

夜已深，天帝回到寝殿内。又想了好久，最后想到诸毗山的槐鬼离仑，或许他有办法？天帝决定先派人去一趟诸毗山。然后躺下，慢慢平静下来，才睡去。

天亮后，天帝起身。起进到殿内，见天帝正在轻抚身上的衣衫，便静立一旁。

天帝穿的是帝后亲手缝的沉香色裾衫，做裾衫的平纹细布也是帝后亲手织的，用的是上好的苎麻，柔软又透气。

天帝看一眼起问："帝后还没回来？"

起回："还没有。"

"谁跟着她？"

"狡和幽鴳。"

"嗯。"天帝微微点一下头。随后，朝寝殿外看了看，"融吾呢？你把他叫来。"

"是。"起吩咐侍从传融吾。

融吾一到，天帝说："你去诸毗山跑一趟，找一下离仑。跟离仑说我要去他那儿，就明天。让他在山顶等我。"

融吾说："好，我马上去。"心里纳闷，天帝素日与诸毗山的离仑没什么往来，为何突然要见他？

不等融吾出去，天帝又叮嘱他小心，不要靠近离仑。

融吾答应后走了。起还站着，天帝看看他，等着禀报。

起说："一大早陆吾派了青耕上来，说钟山瑶崖附近发现两只恶兽，以前谁都没见过。它们看着很可怕，见了谁都是一阵猛扑，那被扑的有的逃了，有的还了手。只是，据那些还了手的说，明明朝着恶兽打了过去，却落了空，感觉根本没打着，看着就在眼前，眨眼又不见了。就这么一会儿看见，一会儿又没了，真是怪事！"还咕哝一句，"不知道是什么恶鬼。"

天帝想起鼓和钦䴔。难道是他俩？要真是，可谓戾气太重，阴魂不散！现在只是魂魄肇事，日后不定化成什么恶兽，再四处作乱。他叹了口气，说了昨日葆江被害、自己杀了鼓和钦䴔的事。

"哎，这鼓和钦䴔真是自作自受啊！"起叹息。

天帝吩咐起："那两恶兽要真是鼓和钦䴔，眼下即便是阴魂，也得小心。提醒大家多留意，随时防范。"

起领命，即刻布置下去。

日后倘若再发现这样的恶兽，不管是不是鼓和钦䴔的化身，都得尽快收拾，决不能让他们再去祸害谁，天帝提醒自己。又想起要去诸毗山见离仑的事，心里老也静不下来。

就在这时，下界报告了一件紧急的事，说是蚩尤在南方闹出了动静。蚩尤带着自己的那群兄弟、凶猛的蛇豹以及被他挑拨威逼而起来造反的苗民，欲合力攻打天帝，连那些山林水泊的魑魅魍魉，因不满天帝手下的神荼、郁垒的管制，也都闻风而动，加入了蚩尤的战队。现在这支队伍正往涿鹿方向进发。

天帝思索道：蚩尤这是等不及了，急着要与我较量，涿鹿就是他的目的地。好个蚩尤！他可是一直存有复仇之心，要为炎帝夺回权力。

天帝还想起之前大会鬼神的事。为避免连年征战、天下大乱，曾于西泰山会合天下鬼神，共谋安顺太平。

那个时候蚩尤也来了，领着一群虎狼为天帝开路，以表归顺，后面还有风伯和雨师。风伯相貌奇特，头如雀，长着一双对角，身形似鹿，蛇尾豹纹；雨师则看着像一只蚕，虽小，但只要他使出法力，顷刻间就会天降大雨。他俩一路打扫道上的尘土。

天帝乘坐的车由大象拉着，车的前面是毕方鸟，车后是六条蛟龙。其他各路鬼神都紧随天帝之后，有的蛇身人面，有的鸟身龙头，还有的牛首马身……林林总总，数不胜数，占据了大片山头。神蛇腾起飞跃，凤凰鸾鸟当空舞动。整个西泰山显得既庄严盛大，又安泰祥和。

天帝还命乐师弹奏天帝自己做的乐曲《清角》。全曲雄浑舒展，朴拙超逸，可谓感天动地。

自西泰山大会鬼神后，天下算是有了一段太平时光。

想到蚩尤的出尔反尔，天帝怒目，"这个蚩尤，是想跟我大打一仗啊！"

"敢和天帝作对，自不量力！"起愤愤地说。

停顿片刻，天帝又说："不可小看他。看他挑的地方，涿鹿可是个要害之地，关乎天下太平！"

起点着头，表情忧虑。

"他那些兄弟铜头铁额的，强悍凶猛，各个都能打。况且，还有那么多助阵的。"说完，天帝沉默不语。

过了一会儿，起凑近问："天帝打算先由谁去迎战？会是北海海神？

蚩尤的打法变化多端，或许会用到征风召雨这一手。"

天帝沉默片刻，说："禹儿确实厉害，对付风雨也很有办法。不过蚩尤阴险狠毒，恐怕他会吃大亏。"又说，"到时候，蚩尤必会将天下搞得越来越乱。"然后起身，走了几步，"在西泰山，蚩尤表面臣服，实际是要窥探我的实力。"

起怒斥："蚩尤不但猖狂，还险恶！"

"他这是找我复仇，我打败过他的祖辈。"天帝接着说，"不光是复仇，他还要夺天下！这个蚩尤！我要亲自去，狠狠教训他！"又对着起："吩咐下去，让各山天神把队伍都组织好，随时出征。"起应声后正要离开，又被天帝叫住，"让长乘候着，我这就去昆仑山。"

起去了后，天帝想，蚩尤来势汹汹，自己亲自出马也未必能很快拿下。这一打，很可能招致天下大乱，使多少生灵遭难。天帝的心情变得沉重，对自己说，无论怎样都得尽力减轻战乱带来的灾难。他又想到禹京，深深地叹了口气，不让禹京去对付蚩尤，不只是担心他对付不了，就算对付得了，也不能让他去。

天帝的子孙中只留了融吾在身边打点日常诸事，其他的都被派去下界驻守各方。禹京统辖着北海，是海神和风神，日夜守候着一个叫"归墟"的深壑。有禹京在那儿，各方水流交汇流经归墟的时候，归墟的水总能不增也不减，保持平稳的状态。天下众生得以安心，不用受水患之灾。如果派禹京对阵蚩尤，归墟恐怕会有失衡之险，到时候除了蚩尤这个大祸患，天下各处或许还要遭受危险的水灾。作为天帝，实在不忍看到这些。

更何况天帝还有隐痛，他最疼爱的小女瑶菌就是被水淹死的。想起瑶菌，他望着空旷的大殿，更觉寂寞。要是她还活着多好！这日子会过得热闹些。天帝想起了过去的情景。"阿父，这是什么树呀？这么大！"瑶菌抱着大树问。只有瑶菌不叫他天帝，管他叫阿父。"帝女桑。"天帝抱起小小的瑶菌，让她坐到结实的树枝上，然后轻轻摇晃。瑶菌好开心，不停地笑。这棵帝女桑十分粗壮，光树叶就比人的巴掌还要大很多，树干有着红色的纹理，青色的花萼托着黄黄的花朵。坐在树上的瑶菌显得更加娇嫩可爱。要是她还没有长大该多好！就不会私自溜到下界，被水淹死。瑶菌该不会变成了水神？天帝沉浸在思绪中有些恍惚，心里尽是无奈，作为天帝，威力再大，也无法知晓亲人死去后会是怎样。

没多久，蚩尤起兵造反的事又涌进了脑海，得赶紧去下界，天帝在心里说。随后想到融吾，融吾怎么还没回来？见没见到离仑？天帝很快决定自己去诸毗山的事得先搁下。

天帝带着长乘去下界的昆仑山。

昆仑山方圆数百里，极其高峻，气势雄伟。它的北面是槐江山。再往北是诸毗山，山上住着神仙槐鬼离仑，有一些鸟兽在那里栖息。往西能看到大泽，那里有很多的美玉和高大茂盛的树木。东面是四重高的恒山，穷鬼各自分类聚集在那里。

昆仑山的中央有一棵巨大的稻谷，就跟大树似的，足有一两丈高，需几个人才能将它合抱住。山顶有许多的玉石栏杆，围绕着天帝宏伟的宫殿。山上有很多珠、玉、璇、沙棠、绛、碧、瑶、文玉、玗琪和琅玕这样的大树，它们多是生长珍珠和美玉的，这些珍珠莹润透亮，玉石更是多种多样、五色斑斓。那生长在琅玕树上的如珍珠般的美玉，更是凤凰和鸾鸟的食物，天帝特意派了离朱在这里常年看守。离朱住在就近的服常树上，三个脑袋轮流睡觉和醒来，六只眼睛时刻观察着各处动静。

昆仑山是天帝在下界的都城，也是众多天神聚集的地方，由天神陆吾掌管。陆吾有着人的脸，却长着虎身和虎掌，还有九条尾巴，既掌管着昆仑山，还负责上下九域的各种事情。

天帝到了昆仑山。陆吾已将各路天神山神召集至宫殿外，他们中有槐江山天神英招和那里的山神，还有恒山的人面牛身神、龙头马身神等。天帝见了大为畅快，而诸神见了天帝，也是士气大振。

"天帝，什么时候打蚩尤？"有个名叫灰儿的数斯在棠梨树上喊，"这回我非啄死他不可！"

四周传来笑声，"就用你的小尖嘴？"

"怎么啦？我不怕他！"灰儿个头虽小，声音却很圆润饱满。

"嗯，蚩尤没什么可怕！他不是我们的对手！"

"说的对！"

"他不是早就归顺了天帝？怎么又造反？"

"就是，贼心不死，还想捣乱！"

"得灭了他！"

......

大家纷纷嚷着，斗志高昂。

天帝大悦，更坚定了打败蚩尤的信心。他举起大手掌，要大家静一静。然后，顿了顿嗓子，"蚩尤不可怕，但是他的花招多，要打垮他并不容易。大家要多加小心，不可轻敌。"又说，"我们很快就要往涿鹿方向去，跟他大干一场！绝不能让他打到这儿来！"

"跟他干！""打垮他！"大家大声响应，情绪高涨。

天帝对陆吾小声道："赶紧让应龙蓄水。再多找些与蚩尤交过手、过过招的，想些对付他的办法。明天一早，我们做些谋划。不能耽搁，得尽快上路。"又吩咐陆吾再去一些山上调遣兵马。最后，对着大家大声说："蚩尤造反，祸乱天下！"

大家高喊："杀了他！"

"对！杀了蚩尤，天下太平！"

大家又随着喊，喊声响彻天边。

最后，天帝怒吼："杀蚩尤！"

大家齐呼："杀蚩尤！"一声接一声，高亢激昂。

等大家终于平静下来，天帝又嘱咐他们做好准备，随时出发。之后，便各自散去。

天帝没有马上回穹宇。想到一旦与蚩尤开战，恐怕很长时间都回不来，他悄声叹了口气，说："去槐江山。"英招听后，即刻带领众神飞去前面开路。

画天神

03

　　槐江山位于昆仑山北面，高耸入云，由于周围云雾缭绕，远远望去，像悬挂着一般，又被叫作"悬圃"，是天帝在下界的花园。它终年草木繁茂，百花争艳，浓郁芬芳的香气弥漫着整座山林。山上常年生长着大片的无条草，无条草叶子的正面是红色的，背面为深绿色，还有翠绿的蓇草，橄榄绿的茈菜，橙黄的华草，紫红的女床草，以及臭椿、蕙、蓂苧、葵菜、野葱、茈等，这些花草香气各异，数不胜数。树木更是种类繁多，有沙棠、枣、梨、桃、嘉果、棠梨、枸杞、枸、柘、桑、漆、构、梓、楠、松、檀香、牡荆等，它们的枝干纹理、叶子、花和果子都是五颜六色的，各有各的形态，果子的味道更是酸甜不一。山上不仅花草树木满山遍野，姹紫嫣红，还有许多石青、雄黄、琅玕、白玉、玄玉、青碧、黄金、银、铜、铁、丹粟等矿物。当然，少不得还有许多的飞禽走兽在这里栖居生活，有个头似鸳鸯、长得像蜜蜂的钦原，也有长着四只角、样子像羊的土蝼，还有长相各异的鹿、幽鹊鸟、麋、犀牛、羚羊等。山上活了很久的飞禽走兽，大都活成了精，能说话，还有超凡的神力，是天帝看管各处的天神和山神。

　　在槐江山上，最神勇的要数英招了，他是管理这座花园的天神。英招马身人面，身上有着老虎的斑纹，还长着翅膀，每天飞来飞去，保护着天帝的花园，叫起来声音又粗又响，传到多远都不会减弱，能吓住外来的恶兽。

天帝喜欢这里，闲暇时经常会过来走走，疲惫时也会来这里歇息。其实来这里多半是因为思念小女瑶茼。他总是在那棵高大粗壮、枝繁叶茂的帝女桑前坐很久。每每这时，英招便会吩咐所有随从退得远一些。

今天一到槐江山，天帝先去了帝女桑前，然后才往各处去。天气晴朗干爽，整个山上鲜艳夺目，馥郁芬芳，一片繁盛祥和。天帝望着美景，心里隐隐作痛。

"哎，为什么非要打得天昏地暗的？"他自言自语。

沉默后，英招说："有什么办法，像蚩尤这样的，有了还嫌不够，总想要更多。"

"难道他来做天帝，天下都变成他的？"天帝怒气上来。

英招立即说："这简直是痴心妄想！"见天帝的脸色和缓了一些，又说："这些年蚩尤心有不甘，在南方各处不停挑事，现在还想起兵造反，找天帝的麻烦。"停顿一下，看一眼天帝说，"得狠狠打，不然天下不得太平！"

"嗯，说得对。"天帝点头。又环顾四周，想到就要与蚩尤开战，将有多少这样的地方被毁，就皱着眉，深深地长叹一声。一旁的树木都抖动起来。

天帝陷入了沉思。过了好一会儿，他对英招说："你赶紧去诸毗山，把融吾叫回来。"

英招猜天帝有重要的事让融吾去办，一边答应，一边就要往诸毗山飞。

"离离仑远一点。"天帝嘱咐他。

英招知道天帝的意思，应声后就飞走了。

天色已近黄昏，天帝心里急迫起来。他走到一棵果树前，树上的果子很像桃子，据说吃了能缓解忧虑。天帝摘了果子，放进嘴里。之后，觉得心里平静了一些。

英招到了诸毗山后很快找到融吾，并将他驮了回来。

天帝一见融吾，不容其开口，马上说："先去办一件紧要的事。你去一趟领胡那里，告诉他蚩尤起兵造反，正往涿鹿一带开。"

"啊？"融吾大惊。

天帝又说："领胡离得近些，动作也快，你让他先赶过去，埋伏好，把蚩尤看住了，做好应战准备。还有，提醒他小心点，别被蚩尤发现。等我的命令。"

融吾知道事情紧急，说一声："好！我马上就去。"转身就要走。

"等一下，"天帝看着融吾的眼睛，"这次蚩尤是要跟我大干一场，"停顿后说，"战前你最好能说服他主动归顺，不管他是否真心，只要能拖住他，就可以多些对付他的办法。"

"嗯，我明白了。我一定说服他归顺天帝。"

"不过，你会有危险。"天帝语气里透着不忍。

"真打起来，谁都危险。我这就去。"融吾毫不犹豫。

天帝将手掌放到融吾肩上，摁了摁。

英招说："我送融吾去吧？"

"不行，你离不开。"天帝想了一下，说，"让那穷去。"

那穷是鸟头蛇身神，虽然是蛇身，却善飞行，比当扈、毕方甚至英招都快，他只需身子稍微抖动一下，就一溜烟钻去了哪里。

英招很快找来了那穷。融吾匆匆道别，匍匐到那穷背上，眨眼工夫他俩就无影无踪了。

天帝目送他们离开。"回穹宇。"他说。

回去的路上，天帝看到坡上长着荀草，结了很多小红果，就过去摘了几颗，放进嘴里。果子又酸又涩，他明明记得瑶荀吃到嘴里，说很清甜。这果真是女孩的果子，只有她们吃得。都说女孩吃了荀草的果子脸色可以红润。天帝细细嚼着，心里又涌起思念。

有一个女子身着青色裙，从荀草丛的后面飘然而过。天帝一时恍惚，瑶荀？都这么大了？

"谁？"长乘大喝一声。凭感觉，在山上没见过她。

女子显然吓了一跳，快速闪到山坡后，没了踪影。

天帝被这一叫，清醒过来。他拦住长乘，示意别跟着，自己往女子飘去的方向走。

长乘不放心，却只能干着急，他的豹子尾巴不停地摆动。开战在即，会不会是蚩尤使诈，派了她来窥探内情？或是想要祸害天帝？

天帝走到山坡后，在大石头上坐下，喃喃自语："哎，我的小女瑶荀要是还活着，都有你这么大了。"

通天神

没有动静。

"如果你是蚩尤派来的，赶紧走，我不杀你。你告诉他，我会去迎他。"天帝的语气很平静。

女子躲在树和草丛间，不知道天帝在说什么，大概是感觉他并不危险，便飘了出来。实际上她是"走"出来的，衣袂舒展，裙裾飘飘，脚不沾地，步态极其轻盈，连带着有一小股热气拂来。

天帝问："你打哪儿来？没见过你。"

"我是青女，原先住在青城天谷。"

"青女，听说过。青城天谷离这里可不近。"说着，天帝的表情凝重起来，"你真是青女？为何要来这里？"马上就要与蚩尤决战，天帝提醒自己不可大意。

青女露出难过的神情，"都说青女在哪里，哪里就大旱。可我离开青城天谷，还能去哪儿？见我不走，山神山民就将我关进山洞。我已经不记得被关了多久。"说着，她抬起衣袖抹了抹眼睛。

"为何会在这里？"天帝又问。

"有个孩子听说了我的事，大概好奇吧，从外面扒开一个小口，想看一看我。阳光钻进山洞里，我的身体轻快起来，竟毫不费力地顺着口子出来了。好畅快啊！我整个身子一个劲地往上飘。我就这么飘啊飘的，竟然飘到了这么高的山上。"不等天帝开口，又继续说，"这里阳光真好！花草又香又好看。"她摘下荀草果子放进嘴里，"好甜！"又摘了几颗，递给天帝。

天帝接了过来，"你这么飘，多高是个头？"

"不知道。飘到天上才好呢！"

天帝看着她想，或许瑶苟长大了就像她这样。长乘露了一下头，天帝明白还有许多事要做，于是起身，对青女说："走，跟我去穹宇。"

"穹宇？在哪儿？"

"天上。"

一听是去天上，青女很高兴，立刻答应了。她想体会一下上到天上的感觉，而且，也没看出面前的这个大神对自己有什么威胁。

长乘一听要带青女回去，就问："真要带上她？"

天帝"嗯"一声，就在头里走了。

长乘看天帝坚持，也就不再吭声。

青女随天帝一路飘然而去，喜不自禁，飘逸的衣裙时不时就扫到长乘的尾巴。长乘瞪了瞪她，给手下使眼色，大家会意，同时呼啸飞跑，鼓出风来。青女一时不稳，飘忽摇摆，差点撞到树上，幸好被树的枝杈钩住了衣裙。天帝呵斥长乘，将青女放下。青女气得直冲长乘而去，长乘连忙避开，却被热气狠狠扑了一把。

他们一路折腾，很快便到了都广野。所有人马都靠到了建木上，天帝示意青女也紧挨建木，并命手下拽住其衣袖。登穹宇前，天帝放眼都广野这片丰饶的土地，心里是喜悦的，膏菽、膏稻已经成熟，就快收获了。但又忍不住感慨，这些年平定了不少战乱，他自己始终掌管着天下，各方神兽也都归顺于他，日子还算安稳。可是，鸾鸟呢？他望着都广野上空，不禁忧虑起来，难道天下又要不太平了？

　　到了穹宇，天帝有很多事要考虑和准备，顾不得多说什么，只命起安顿好青女，并吩咐不许拘着她。青女听了很快活。她对着如此宏伟的宫殿和盛大的气势，这才发觉大神原来是天帝。但是，她依旧很自在，兴奋地在穹宇"走"来"走"去，对一切都很好奇。穹宇下起了雨，雨水在昆仑山映射上来的火光中，明暗交错，亦真亦幻。青女激动地冲进雨中长袖起舞。她脚下虚空，舞姿轻盈曼妙。那些侍卫仆从在廊檐下着急起来，催她赶紧避雨。但他们很快就不再喊了，青女似乎并没有受到雨水的打击，衣袖在雨中仍是飘动的，发髻下那飘散的长发好像也没有被打湿。她看上去既像在舞蹈，又像在玩耍，和雨景融为一体。雨停了，大家看到青女果然没被淋湿，都很惊奇，赶紧报告了天帝。天帝则一笑作罢，并不惊讶。在天界和下界，他天帝什么神怪、仙人没见过？再说，大战在即，要考虑的事情还很多。

　　次日一早，陆吾上到穹宇，向天帝报告了备战的情况，天帝听了很满意，很快便决定了部队的启程。

　　临行前，天帝叮嘱起照管好穹宇，还要多留意下界，有紧急的事情，赶紧派青耕或婴勺通报。

　　青女也要跟着去，天帝说："你就待在穹宇吧，这里最高。不然到了下界，不知道又会飘去哪里。"

　　于是青女留在穹宇。

04

天帝集结了各路兵马。有昆仑山一带骁勇善战的山民；长乘的天界护卫神战队；还有陆吾率领的昆仑山众多山神精怪，其中有猛豹、熊、豪彘、龙身鸟头神、龙身人首神、钦原、数斯及幽鹆等；以及周围其他山的数量众多的天神和山神，中曲山天神駮也受天帝之命加入了战队，駮可是兽中之英，威猛异常，长得像马，白色的身体，却有着黑色的尾巴，头顶有一只角，牙齿和爪子都十分锋利，以老虎和豹子为食，声音更是如击鼓一般。和駮走在一起，大家非常兴奋，对打败蚩尤信心更足。

大部队浩浩荡荡往涿鹿方向进发。陆吾率领虎豹熊在前面开路，天帝乘坐在由九匹高头大马拉着的车子上，飞蛇卷曲在车的一角。车后面跟着大批山民和山神精怪。

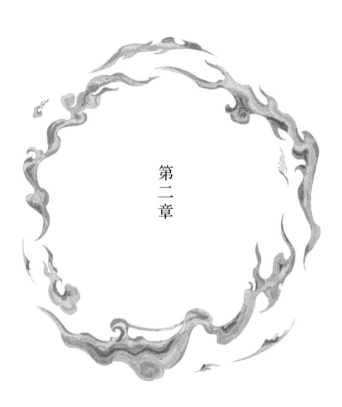

第二章

涿鹿一带位于中原，这里既有山地，又有平原，适合牧放和浅耕，也是连接各处的要地。这里一旦不再相安与稳定，天下何来安宁？在天帝看来，在涿鹿与蚩尤对决已无法避免。蚩尤不断闹事生乱，如不及时铲除，势必引起大患。天帝明白，为夺得胜利双方必会不留余地、拼尽全力，这将是一场恶战。他的心情很沉重。但是，必须打败蚩尤！否则后果不堪设想，这一战可是关乎天下太平。而对于蚩尤，这场大战意味着什么，他也是心知肚明。他很决绝，誓要打败天帝。然而，天帝岂是轻易能战胜的？为此，蚩尤费尽心思，做足了准备。他预料天帝一定会来迎战。

蚩尤率大队兵马往涿鹿的方向赶。一路上尘土四起，脚步声和车轱辘声隆隆作响，车上的兵器发出惊心的碰撞声。这些声响淹没了所有的说话声和其他的声音，显出不同寻常的突兀。部队开到哪里，哪里就弥漫紧张的气氛，预示着战争的临近。

离涿鹿一带已经不远，蚩尤下令停止前行。于是，部队在一个叫卫村的地方停下。

伙头兵们忙活起来。他们将肉块烤过后拌了野菜分发下去，又派部分人马去采摘和狩猎，作为储备。队伍里有很多苗民，他们需要吃新鲜的野菜和肉类。而蚩尤的那些长着野兽的身体、说着人话的兄弟，虽然个子很高，又强悍无比，但食物却非常简单，只要吃一些随处可见的沙子、石头，甚至铁块就行，通常吃一顿能顶个十天半月。至于那些魑魅魍魉，因为不需要食物，倒是彻底省事。

蚩尤并不是普通的神妖鬼怪，追其谱系，属炎帝一脉的子孙。而炎帝也曾是雄居天下的霸主。炎帝在与天帝的多番交手后，力不从心，退守至南方，偏安一隅。作为后代的蚩尤怎能咽得下这口气？他要复仇，同时也想着打败天帝后，借机成为新霸主，雄踞天下。早些时候，天帝在西泰山大会天下鬼神之时，蚩尤假意归顺，为的是刺探天帝实力。他很清楚，要想打败强大的天帝，光靠硬拼不行，得多用计谋，才能增加胜算。先一步到涿鹿，为的是提前排兵布阵，占得先机。蚩尤盘算好了，要趁天帝兵马一到，就快速出击，打乱对方阵脚，赢得主动。为此，他想了一个计策。

几个伙头兵抬着一大筐石块放到蚩尤面前。蚩尤抓了一把塞进嘴里，他张口时露出了尖利的牙齿。"去，把铜头叫来。"他边吃边大声吩咐。

守在一旁的人身牛蹄神赶紧去了。

铜头进来的时候，蚩尤已将整筐"食物"扫光。他没看铜头，摸着头上的尖角，问道："涿鹿那边有什么动静？"

铜头说："派了穷奇去盯着，暂时还没有。"

"刀戟弓弩都够？"

铜头小心翼翼地说："能带的都带上了。趁着这一路歇脚的时候又做了些。"见蚩尤没抬头，就上前一步细数道："有斧、锤、矛、剑、戟、戈、刀、弓箭、棍，还有盾，总数过万。"

"嗯。"蚩尤点头。"排兵布阵都清楚了？要在两边多留些厉害的兄弟，要是对方有往两边逃跑的，要堵住他们。正面的主力万一顶不住，要随时增援。主力的后方也要留些兵力，以防偷袭。如果形势大好，可以合围，一举消灭，不留后患。"

铜头大声说"是"。

蚩尤没去想打不过天帝该怎么办，往哪儿逃？他去涿鹿为的就是战胜天帝，怎么能输？他是绝对不允许自己被打败的。可是万一呢？他也不去想。这是背水一战，既然来了，就没有退路。他是大神蚩尤，来替祖辈复仇，必须将天帝打败，夺取帝位。

人身牛蹄神报，有个叫融吾的求见。

这名字很耳熟。蚩尤想起来了，融吾是当今天帝的某个子孙。他来做什么？蚩尤"哼"了一声，身体往后靠，"让他进来。"

融吾进来，行礼，然后道："天帝特命我来问候大神。"

"嗯。"蚩尤微笑点头，露出的尖牙将笑意抹了去，看上去显得狰狞。"天帝有何诚意啊？"

"天帝以为，大神率众千里迢迢，不辞辛劳，为的是与天下众神会盟于中原，共谋四方安泰。天帝很是欣慰，特嘱咐我向大神致意，并转告说，愿与大神共创天下太平。"

"怎么个共创法呀？"蚩尤摸着头上的角说。

"大神统兵千万，威震一方。若中原以南由大神管辖，定能风调雨顺、物兴民安。如此，也便是为天帝分忧，为万物百姓造福。不知大神意下如何？"

"嗯，听上去不错。"蚩尤点头。

"为表诚意，天帝亲自率领众神来与大神共议天下之大计，但先暂不进入涿鹿，以免误会。待大神多方思量后，再派部下转达心意。当然，如若大神有意面迎，天帝甚悦。"

听了融吾的这番话，蚩尤心惊，暗想，天帝真是老奸巨猾！他要是不进到涿鹿，我怎么消灭他？蚩尤边动脑筋边说："看来天帝不愧为天帝呀！蚩尤鲁莽行事，天帝却还是处处顾及体恤蚩尤。"

融吾连忙说道："天帝并无丝毫责怪大神之意。"

"知道知道。"蚩尤边说边抬了抬前臂，不看融吾。

双方暂时不语。

然后，蚩尤起身走近融吾，"天帝的盛意蚩尤心领啦！融吾大神远道而来，不如先在这里歇歇脚如何？"

融吾说："多谢大神。只是融吾要务在身，不敢耽搁。还请大神即刻授意，融吾速回禀报天帝。"

"急什么，待我考虑妥当，再报告天帝也不迟嘛！"又笑笑说，"你也累了，不如先好好歇歇。"

"谢大神眷顾。融吾奉天帝之命，需立即返回，不敢有误。还请大神明示。"

"万一你一走，我就改变了主意，可怎么好？再让我好好想想，不急。"蚩尤拍拍融吾肩膀，不等其开口，就叫了人身牛蹄神带融吾去休息，还关照说："去为融吾大神备些饭菜，要做得可口。"

人身牛蹄神立即招呼了一群手下将融吾带走。

融吾被单独关了起来。他什么也吃不下，心想，蚩尤真是奸猾，将他融吾扣下当人质，引天帝过来。看来蚩尤是铁了心，要与天帝决战。融吾想起来之前天帝嘱咐的话，决定尽力拖住蚩尤，最好摸清他的打法，以便加大胜算，尽快消灭他。融吾细细盘算起来，想着各种法子。但是，就算了解了蚩尤这边的情况，怎么跟天帝联系上呢？他想到那穷，得跟那穷配合才行。融吾看了看牢房，是用大树干围的，用力推了推，"墙"纹丝不动，很结实。

那穷也被关了起来。他很着急，想要尽快知道融吾怎样了。他趁看守流动之际，用缩身的功夫猛憋一口气，将鸟头从"墙"的缝隙里挤出来，再深吸一口气，又用力往外吐，身子也随即在极度挤压下扁平地滑了出来，然后循着熟悉的气息找到了融吾。他用同样的方法进到融吾的牢里。融吾见到那穷很惊喜，赶紧跟他耳语一番。为防被发现，那穷随即离开。

一大早，融吾就被带走了。一路上，他看到大队人马正开往涿鹿方

通天神

向，蚩尤在最前面。

融吾大叫："那穷！那穷！"

蚩尤回头朝他笑了一下，"别叫了，那穷早就溜了！"又看看天色，"估计这会儿已经跑回到天帝那儿啦！"

"我不信！你把他弄哪儿去了？"融吾瞪一眼蚩尤，又着急地四处张望。

"别不信啊！真跑啦！"蚩尤说着又往融吾这边凑了凑，"我的手下已把这里密密麻麻搜了个遍。哎，还是让他溜了！不过，溜了也好，回去报个信，不怕你的天帝不来。"说着，得意地大笑。

融吾指一下行进着的队伍，问："你这是要干吗？"

"去涿鹿啊！"

"见不到我，天帝就知道你要打，他不会按你想的那样做。"

蚩尤点点头，"嗯，说得对。"又说，"你在我手上，他会来的。我已经张了口袋等着他往里钻。"然后大笑起来。

"什么口袋？"

蚩尤看一眼融吾，有些得意，说："好吧！我就跟你说说。我会在西南面和东北面都布上最强的兄弟，我呢，就在东南面恭迎天帝。只要他进来了，就别想出去！"

"哼，天帝会知道的。"

"可惜呀，你的那穷兄弟跑得早了点，谁去向天帝报告啊？"

"就算我回不去，天帝也会想到的。"

"好，那就让他想去吧！"他大笑几声。之后，仍觉得不过瘾，又对融吾说，"哎，干脆都告诉你吧！"于是将具体的布局、打法全都说了出来。最后，他朝融吾奸笑一下，径直往前去了。

话说昨天，看守发现那穷逃脱后，即刻报告了蚩尤。蚩尤马上派了众多手下，将卫村和卫村周围搜了个遍，也没找到那穷。

那穷从囚禁融吾的牢里出来后，没有马上赶回去见天帝，他躲在了草丛里。蚩尤的手下各个精明，搜得仔细，石后、草丛、树上哪儿都不放过。那穷幸亏钻进了一棵怪木的树洞里，才躲了过去。

今早，那穷见蚩尤的大部队往涿鹿去，就在一旁的杂草树木间悄悄尾随，听到了融吾和蚩尤的全部对话。他按照之前与融吾的约定，等蚩尤的人马都过去后，飞速赶回去报告天帝。

天帝和他的兵马还在赶往涿鹿的路上。

很快，那穷见到了天帝。他顾不得喘口气，马上报告了融吾被扣留的事。天帝听后，猛地一巴掌朝身旁的大石头拍去，石头立刻爆裂。

"他扣押融吾，迫我进涿鹿？"天帝露出怒气。

那穷又快速将蚩尤的计划报告给了天帝。

天帝听后，大声说："好！让他在涿鹿等着吧！我天帝怕过谁？这个蚩尤，简直反了！"随后，招来陆吾等天神进行周密的部署。

有了那穷传回的消息，对付蚩尤就多了胜算。但是，天帝还是提醒自己不能大意，要尽力想得更周全一些。等一切都考虑盘算得差不多后，部队也快到涿鹿了。

涿鹿一带显得很安静，不见任何战前骚动。天帝想，这个狡猾的蚩尤，估计已经张好了口子，就等着他天帝带着队伍往里去。天帝克制地冷笑一声，周围的土地还是震了一下。

陆吾带了一批人马去了领胡那儿，他先向领胡传达了天帝的指令，要领胡带着人马就近埋伏在蚩尤东北伏兵的后面，又问了领胡蚩尤那边的动向，随后就带着自己的部队快速迂回至蚩尤的后方。駮则带着龙身鸟头神、钦原、数斯和幽鴳等山神精怪往右包抄到蚩尤埋伏在西南面的兵马后背。

天帝刚到涿鹿就停了下来，没再往前。他要先救融吾。不然，一旦交上火，再救就难了。融吾很危险，蚩尤是什么都干得出的。天帝担忧融吾。

蚩尤就像事先计划的，在战场两边偷偷布置了兵力，正面的作战也都做好了准备。铜头带了穷奇来见蚩尤。穷奇报告说，天帝和他的部队已经到了涿鹿，不知为何没再往战场这边靠近。蚩尤冷笑一声，吩咐铜头看好融吾，然后来到战场查看。他似乎看到离战场很远处有人马移动的迹象，应该是天帝的部队，他想，嘴角露出一丝得意，自言自语的："别只在原地动嘛，再往这边过来点！我蚩尤可是等不及了。"随后"哼"了一声，说："你终究还是来了。"

开战在即。蚩尤的兵马又往战场进了一些，与天帝一方隐约望得见彼此。这里仿佛还如往日般宁静，没有嘈杂喧嚣，而紧张的气息却无处不在。突然，一阵猛烈的风刮来，将各种野香狠狠地抛向空旷的原野，先是蕙草夹着棠梨的甜香，很快又换成白芷和芎䓖的浓香，再往后是各种香草味的混合。静谧的涿鹿之野，就要开始一场血腥搏杀。

天帝拿起以雷神之骨做的鼓槌，敲响了用夔皮制作的军鼓。响声震天。风停了，花香不再。鼓声之后，又是寂静，只听到鸟鸣声。

铜头对蚩尤说："大神，我先上！"

蚩尤看他一眼，"急什么，还不到时候。"不待铜头问，他微微佝偻着巨大的身子，径直往前走了一段。

铜头不知道他要干吗，压着声音喊："大神，快回来！危险！"

蚩尤跟没听见似的，昂头冲天帝那边大喊："蚩尤恭迎天帝！"

铜头慌忙赶上去。

天帝听到了蚩尤的喊声，往前走了走，"蚩尤，融吾呢?"声音洪亮震耳，从远处传过来，清晰有力。

蚩尤笑了一声，扯着嗓门道："天帝请放心，融吾大神是天帝派来的，就是我的客人。他大老远跑来，传达了天帝的美意，蚩尤感动得很呐！这两天他实在是累了，正在休息。"说完，冲着人身牛蹄神，"去，把客人请到这儿来！"又朝着天帝说，"蚩尤可不敢怠慢融吾大神。"

"哼，果真这样便好。"

人身牛蹄神按事前计划好的假装跑去叫融吾，过了一小会儿，就来报告说："大神，不好了，融吾不见了。"

"什么？"蚩尤脸色阴沉，露出尖利的牙齿，"快去找！找不到，我把你牛蹄子斩了！"又冲着天帝大声说，"天帝你看，先是那穷跑了，现在融吾也不知去向。哎！这可怎么好！"

"蚩尤，别耍花招！"天帝呵斥道。

"蚩尤哪敢！天帝派来的本事都大得很，说跑就跑，我有什么办法！"

"废话少说，放还是不放？"

"天帝息怒。真跑啦！"又狞笑着说，"掏心窝子说吧，就是他没跑，我也放不得呀！"说着，往前走两步，"他偷听了我的话，那原是气话，可要是说了去，怕天帝误会啊！"

"你就没打算放他！"天帝冷笑一下，又说，"你不就是想引我与你在涿鹿开战？"天帝的声音始终沉稳，"我来了。放肆的东西！长乘，去把融吾给我带回来。"

长乘领命，遂带兵旋风般呼啸而去，直驱蚩尤阵地。

蚩尤见后，示意大家准备。他身后的兵马立刻摆出阵容，前面的手拿盾牌；中间的手持长矛、戟等；最后面的都是体形高大者，握着弓箭，还有一些抱着大石块。待长乘的队伍离近，铜头下令射箭。

长乘见势，更加勇猛，手握烈斧，豹尾加速摆动。一队兵马紧随其后。

仿佛眨眼工夫，长乘就冲到了蚩尤阵地。人身牛蹄神被长乘带来的气浪掀到，蹄下不稳，身子跟着晃动了一下。蚩尤骂一句"没用的东西"，又指着长乘，命令手下，"把这狂妄的家伙拿下！不要被他们破了阵。"

很多石块儿砸向长乘。长乘做手势，要身后的手下停止向前，自己则快速杀入敌方阵营。他手持烈斧，边冲边砍，被砍到的石头，发出一阵爆裂声，之后纷纷落下，引起一片混乱。长乘将蚩尤的兵马搅得乱成一团，展不开拳脚，很难集中起来对付他。

蚩尤看到手下胡乱挥打、相互误伤，真是气不打一处来。他想亲自上阵，但却没动。他提醒自己，大战还没正式开始，激烈的在后头，有的是自己拼命的时候。他自认计划很周全，融吾在他手里，那穷早跑了，天帝就算能猜到一些，也想不到全部。现在还只是刚开个头，得稳住，不可自乱阵脚。他朝正打着的手下喊："别慌！都散开！排新阵！看看你们，一个都对付不了？"

不等蚩尤的人马充分调整，长乘的手下就冲了过来。他们都是天界护卫神，个头虽不如蚩尤那些高个兄弟，也没有尖齿利爪，但却身姿矫健，动作敏捷，当利爪伸过来或巨型身躯压下来时，总能迅速闪开，再在对手的两旁或背后攻其不备，而苗民则不是他们的对手。长乘率领他的护卫队与蚩尤兵马连连交战，打得很辛苦，却并不退缩。双方的兵戈相击陷入了胶着的混战中，难分胜负。

铜头大骂，想冲进去搏杀，却怎么也靠不近。那长矛、斧头、戟和大刀等兵器在头顶和身边胡乱飞舞，不管是哪一方的，都极其危险。他

追天神

急得乱叫，跑到蚩尤跟前，问怎么办好。

　　蚩尤也在咬牙切齿地骂着。听到铜头问他，就训斥道："慌什么！你脑袋不还在你肩上！"

　　蚩尤想，铜头进不去，可要是派一大批人马压进去呢？或许这样能快些解决战斗，活捉长乘。要是融吾和长乘都在他蚩尤手里，天帝还能奈蚩尤何？到时候不管他蚩尤提什么要求，不都得答应？蚩尤的嘴角略微扬了扬。等把天帝收拾掉，不但替祖辈报了仇，这全天下可都得归他蚩尤了！哼哼，蚩尤忍不住得意起来。然而，愈演愈烈的搏杀打乱了他的思绪，他开始变得焦虑，当他觉察到这一点后，又尽力掩饰住。蚩尤望着眼前的一切，脑子清醒了许多，混战的双方胶着得太厉害，已难分彼此，就算是增加人马硬闯进去，也是束手束脚，施展不开。蚩尤不断要自己冷静。又琢磨，他蚩尤如此挑衅，按天帝的性子，定会率大兵朝他蚩尤压来。可是，并没有。这应该是为了要先救出融吾。融吾是他的子孙，担心融吾在双方交手时遭难，想赶紧救回去，说得通。不过，长乘带着小股兵马冲过来打到这会儿，连融吾的影子都还没见着，天帝似乎很沉得住气，没再派兵增援，这是为什么？他又接着想，千万不能让长乘救走融吾，一旦被救走，天帝就没了后患，会放开手脚跟他蚩尤大干。蚩尤将目光移向长乘，长乘本事大，向来不离天帝左右，今天却来打头阵，要的就是势在必得。哼，他蚩尤倒要看看长乘怎么把融吾救走！蚩尤死死盯着长乘。哪儿不对劲？长乘的力量很大，砍起来动作又快又准，一斧子下去，不是功夫相当的，连还手的机会都没有。可是，打了好一阵子，长乘周围的对手却很少有被打倒的。难道他打不动了？通观整个战场，打得很激烈，长乘机敏勇猛，和手下配合紧密，不停跑动，把战场搞得混乱不堪。蚩尤警觉地望着，此刻，巴不得长乘将周围他蚩尤的手下统统打掉，以便铜头带上一帮强悍的兄弟扑过去，快速活捉他，或者干脆将他射倒。很快，蚩尤心头一紧，这个狡猾的长乘，莫非是想……不好！蚩尤着急冲铜头喊："谁在看押融吾？"不等回话，又吩咐道，"赶紧过去看看！"

铜头觉出这事的严重性，嘴里应着，急忙跑了去。

"多带些兄弟！他要是跑了，我拧你的头！"蚩尤冲着铜头的后背喊，又转过身对着人身牛蹄神，"你，跟着去看看，赶紧回来报告！"

人身牛蹄神听罢，急急慌慌踏着牛蹄跑了，还听到蚩尤在骂："不中用的东西，干吗不长马蹄！"

不等人身牛蹄神来报，铜头已经先跑了回来。他看起来跑得很费力，好像身后拽着大石头。蚩尤马上明白了，盯着铜头。

"大、大神，不好了，融吾不见了。"

蚩尤没吭声，嘴角狠狠拉伸，脸变得狰狞。

铜头战战兢兢地说："融吾是被救走的。"

"废物！他们能派多少兵来救？不怕被发现？"忍了忍，又问："把守的兄弟有好些个，都打不过？"

"兄弟都被绑树上了。他们说，都是突然被大绳勒住的。"

蚩尤喘着粗气，来回走动，愤恨地说道："还真跑了，竟然从我的

通天神

眼皮子底下！"又看向长乘，"你是来糊弄我的。"蚩尤的脸扭曲得变了形，他真想冲过去与长乘一决高下。

人身牛蹄神跑了回来，看到蚩尤的神情，不敢吭声。忽然他用牛蹄指着一处喊："那穷！"

蚩尤、铜头都听到了，循着他指的方向望过去，什么也没看到。

又有谁叫："在那里！"

再扭头望，还是没看到。

"肯定是他！这个那穷！跑得比闪电还快。"蚩尤恨恨的，"抓住他非剁成几段不可！融吾一定是他带走的。哎！早知道……"

"大神！那穷在此！"那穷突然出现在近旁。

"抓住他！"蚩尤同时伸出尖爪。

那穷一跃，蚩尤和他的手下扑了个空。

那穷在战场上方、周围飞过来绕过去的。蚩尤的手下上下左右地呼啸追逐，眼看就要抓住，眨眼间又被快速逃脱。

双方就这么来回折腾，顾不上其他。人身牛蹄神因为速度慢，也跳不了多高，干脆不再追那穷，于是又注意到了什么，大喊："不好啦！他们跑了！"

长乘带着手下边打边撤。他和叫赤原的龙身人首神断后，掩护大家撤离。长乘手中的烈斧闪着冷光，砍倒了一大片。力大的赤原将毛竹平扛于肩膀后，转一圈就撂倒多个。在下一批蚩尤人马冲上前的间隙，他们一起手握毛竹，长乘在前，赤原在后，灵活配合，及时抽身离去。

望着这一切，蚩尤脊背发凉，吐出两字："想溜！"面露凶光，牙齿咬得嘎嘣作响。

谁都不敢吭声。片刻，铜头道："天帝真狡猾！派长乘来骗我们。"

"哼，再狡猾，他自己不是也来了？先抢回融吾，就是要跟我大打一仗！"

蚩尤很恼火，"那穷！是他捣的鬼，偷偷把融吾弄走，搞得我被动。"说完，问铜头，"去请风伯和雨师了？"

铜头答："请了。正往这里赶。"

"好，千万不可再大意。"随后，又着急起来，"融吾一回去，天帝就会知道我整个的意图，还有排兵布阵。快，派人告诉所有埋伏的兄弟，让他们散开，小心被围困，必要的时候要能随时跑动。"想了一下又说，"应该还有时间，他们的人马没这么快。"

铜头赶紧吩咐铁头等手下去办。

蚩尤往前走了一大段，冲远处天帝一方喊话："天帝，你真要灭了我？"

"是你自找的！"远处传来天帝浑厚的声音，"你不是请我进涿鹿吗？我来啦！"

随后，空旷的原野上响起了清扬悠长的曲声，这是天帝在西泰山会合天下鬼神时的乐曲《清角》。蚩尤听到后，就不再说什么，转身回到自己的阵营。他清楚天帝的兵马就快过来，决战的时刻到了。

天空暗沉。云越积越多，呈深灰色块状，仿佛就要砸下来一般。原野的风又急又猛。

天帝发起了进攻，随即杀声四起。天帝乘坐巨大的马车向着蚩尤一方奔腾而去，虎豹熊等体格庞大的神兽紧紧跟随，手持长矛、弓箭的强健的山民和很多鹰、鹍等猛禽也都纷纷向前冲杀。

天帝高喊："杀蚩尤！"

手下齐呼："杀蚩尤！"

天帝的队伍士气高昂。

蚩尤率手下迎战。除却布防在战场两边和后方的兄弟，所有的兵力全部投入了主攻。蚩尤挥着手臂，坚定地冲在了最前面。铜头、铁头等一干强悍的兄弟紧跟其后，众多的苗民、鬼怪也都手持兵器，呼喊跟随。

密集的箭头在双方队伍里穿梭，射中了一些躲闪不及的人神。那体格大而健硕的根本就不躲，直接用手、爪、蹄等在面前一抓，就握住一把，然后再射出去。

很快，短兵相接，打得天昏地暗，难分胜负。长乘紧随天帝，不时飞旋，落地，出手迅雷不及掩耳。一会儿工夫，身边的鬼怪、苗民就被打得躺倒一大片。蚩尤的兄弟见状朝他冲去，他们看似不够灵活，却经得住战场的厮打，凭借个子高、强韧的筋骨和尖牙利爪，渐渐占得上风，在长乘周围形成了包围圈，并不断往里收缩，对长乘威胁极大。赤原见了，心里一惊，不好，这是要抓长乘。他赶紧上前助阵，用毛竹对着蚩尤兄弟的后背又打又捅。蚩尤的兄弟被搞得防不胜防，疲于应对，赤原则屡屡得手，助长乘摆脱险境。

天帝从马车上下来，并不握剑。他和蚩尤的身躯都很高大，如以兵器助战，反而碍手碍脚，还极易误伤离得近的手下。蚩尤则凭借个子高，爪和角又很锋利，自然徒手搏击更为灵活。他们离近后，越过个子低的混战双方，迅速交手，下手都很干净利落。天帝一巴掌劈去，蚩尤闪过，以利爪迅速反击，天帝侧身，用另一手臂阻挡，蚩尤虽然个子高大，但相比天帝，身形显得瘦削，经天帝这一挡，蚩尤往后趔趄了一下，倒没受伤。天帝猛伸一拳，蚩尤侧身不及，拳头擦腰而过，他忍住痛，顺势弯身狠抓，天帝手臂即刻显出多道血痕。之后，天帝与蚩尤又是几个回合，双方体力都消耗巨大。

天帝知道，蚩尤的神力大，要想速战速决，几乎不可能。他快速扫一眼战场，双方厮杀激烈，蚩尤的兵力比预料得还要强大。

时间又过去了不少，天帝和蚩尤的交战仍在进行，而天帝似乎在往后退。

铜头跑来助阵，抢着要往前冲，还嚷道："什么天帝！大神，让我来！"

蚩尤乘着停顿间隙一把拉住他，"慢着，有花招。"虽说打的时间不短，但天帝这就顶不住了？蚩尤不信。

天帝趁短暂脱身之际，突然大喊一声："长乘！"

长乘离天帝不远，听到喊声，立刻领会。他迅速跳上天帝的马车，从身上抽出大块红布，奋力挥动，嘴里发出一长串呼声。长乘的声音很特别，没有那么低沉洪亮，却能穿透嘈杂混乱的战场，传到大家的耳朵里。红布和长乘的呼声是预先设好的信号，当天帝的人马看到红布挥舞的时候，就知道接下来要做什么，而没有看到的，只要听到长乘的呼声，也会立即明白天帝的意图。蚩尤一方也看到和听到了，不知道是怎么回事，有的愣了一下又接着打。天帝的人马则边打边和对手拉开距离，并放低身子；会飞的山神精怪们随即快速抽身离开，往远处飞去，他们并不栖息到树上，而是趴在一些树的附近。

蚩尤没有再进一步，他停下琢磨天帝的意图。天帝则飞步跨上马车，高举利剑，直指云天，同时发出雷鸣般的吼声。顷刻间雷电交加，蚩尤的手下来不及反应，有的倒下了。

天帝又将利剑对着天空不停转动，很快大雨如注。天帝的人马显然早有准备，趁势挥杀起来，打倒了一大片。形势对蚩尤一方不利。

战场上响起天帝洪亮的声音："蚩尤，就此住手吧！"

"奸计！奸计！"蚩尤怒不可遏，想朝天帝冲过去，但他竭力克制住了，铁青着脸，和铜头往后退去。

"蚩尤，你有什么招就放过来吧！"

蚩尤接不上话，喘着粗气。

铜头、铁头一个劲地抹着满脸的雨水。铜头凑近蚩尤说："倒下的多是苗民和水泽神怪，兄弟们机灵，都还好。"停一下后又问，"要不把埋伏的兄弟都调过来，先弄死天帝？"

蚩尤没吭声，觉得有必要先冷静一下。过了一会儿，他训斥道："说得轻巧！天帝是好对付的？"

"那，他们会不会把我们给灭了？"铁头神情紧张。

铜头给了他一巴掌，又看一眼蚩尤，对着铁头骂道："胡说什么！我们怎么会被灭掉！"

蚩尤眼睛红得吓人，铜头和铁头不敢再吱声。

"风伯和雨师还没有到。派人去保护，别被天帝截了。"蚩尤吩咐，声音听着像是从牙缝里挤出来的。

铜头忙点头说："这就让穷奇去，他有办法。"

铜头正要走，被蚩尤叫住。"叫牛蹄子（人身牛蹄神）跟着穷奇去，他蹄子不好使，脑瓜还反应得过来，能有个商量。"说完，不等铜头答应，他发出一声低吼，将爪子分别扣到铜头和铁头的脑袋上，"埋伏的兄弟先不动，得留着接应。哼，他天帝使招，我蚩尤就对付不了？"

铜头听了顿时振奋起来，心想，在风伯和雨师到来之前，蚩尤或许想好了怎么对付天帝。他附和道："大神一定有办法！怎么打？让铁头赶紧传话下去，也好让兄弟们有个准备。"

"猪脑子。你瞧瞧，都分散着在打，怎么传？"说着望了望天帝那边，狞笑一声，"以为我没招？我倒要睁大眼，看你怎么接？"

铜头不敢再多嘴，赶紧去找穷奇。

天帝以雷雨之力暂时赢得了战场的主动，但他知道，雷雨非长久之计，也会消耗己方的战斗力。战场上，蚩尤的部队渐渐地缓了过来，实力有了明显的恢复。双方都打得艰难，雨水模糊了视线，但即使看不清也得出手。对天帝而言，雷雨之力用久了，也会大大消耗自身体力。蚩尤极其厉害，几个长乘和陆吾都未必对付得了他，而最后要杀掉蚩尤，得由自己动手。他施法将雨减弱，并使其逐渐停止。先沉住气，观察一下，再行下一步，天帝想。此时天帝还有担忧，见他用雷雨之力助阵，蚩尤并没有冲上来决战，想必会用狡猾的办法来对付他天帝。天帝想到了风伯和雨师。他打了个手势，长乘即刻赶来。

"蚩尤当会用风伯和雨师对付我们。"天帝停顿一下后又说，"之所以没动手，可能是他俩还没赶到。"

长乘立刻说："我想办法去截住他们。"

天帝摇摇头，"风伯和雨师鬼得很，要是不想被发现，任你怎么找都找不到。"又用平稳的语气接着说，"估计快到了。蚩尤应该是在等。"停顿了一下，"他俩要是在战场上兴风作浪，会对我们很不利。"

长乘忙问："那怎么办？"见天帝没吭声，又说，"要不要先撤出来？如果被夹击，还有领胡、陆吾和駮呢！他们会见机行事，在后面打一下，替我们解围。"说着，看一眼天帝，"我们不会损失太大。"

"总觉得哪里不对，蚩尤应该不会那么老实地等着风伯和雨师来。"说完，天帝又思索了一下，"先看看再说。"

长乘点头说"是"。

过了一会儿，长乘指着远处说："天帝快看！"

天帝望过去，蚩尤的部分人马聚集在一片灌木丛生的低洼处正忙活着什么。离得远，只看见蚩尤一蹲一起的，不知道在搞什么名堂。

长乘说："我过去看看。"

"慢。"天帝拉住他。

蚩尤正往战场中央走，他的几个兄弟在周围开着道。蚩尤昂着头，身子往后仰，嘴里吐出白色的烟雾。这烟雾越来越浓，没多久就笼罩了整个战场，连他自己也被遮蔽了。

天地说："是大雾。"

"没听说蚩尤会吐雾。"长乘纳闷。

"不知道从哪儿得了这一手。这个蚩尤！"天帝冷笑一声，对长乘说，"去问陆吾，应龙蓄好水了没有？让他等我的命令。要领胡和駮也准备着，但别暴露。蚩尤夹击的话，就在后面狠狠打！"然后，放眼大雾弥漫的战场，叮嘱道："要尽快让大家撤出来，保存实力。要拼的时候还多着呢！"

"是！"长乘领命，立刻就布置去了。

战场上白蒙蒙的，所有的敌对双方都被浓重的大雾给包裹住了。双方的长矛、戟和刀等兵器不时戳破浓雾露出一截来，还有作战双方的部分躯体，很难分得清是哪一方的。蚩尤那些个兄弟的尖角时隐时现，他们凭借高大的身躯，占据了不少优势，看到影子就乱砍乱杀，一时杀气冲天。天帝的人马被砍伤杀死的不在少数。

天帝站在马车上，挥舞宝剑，一面战斗，一面高喊："快跑！冲出去！"他努力寻找蚩尤的影子。在迷雾中或许能杀了他，天帝想。他跳下车，压低身子，尽量以大雾掩护，在自己的部队往外冲的时候，悄悄潜进战场里寻找蚩尤。

蚩尤为防不测，已经退到了战场边上。他也在仔细搜寻天帝的身影。"明明看他在车上叫喊，怎么就不见了？"蚩尤担心起来，吩咐铜头他们："都给我留意了，小心天帝使诈。"

铁头却说："大神，这会儿大雾铺天盖地的，天帝不知道藏哪儿了。"

蚩尤没好气地瞪着他，"我说铁头，你长脑子了没有？"

铜头忙说："再胡说，把你头拧下来！"

铁头不敢再吱声，暗想，天帝要是躲进大雾里，怎么杀得了他？

蚩尤起大雾，用了天帝的雷雨之水。浓雾持续了一段时间后，变薄了，却始终退不去。一番搏命厮杀后，天帝的部队撤到了安全地带。蚩尤的人马并没有追杀，而是按他的命令谨慎地退了回去。留在战场上的都是敌对双方已经战死了的，或者是些还在呻吟着的伤兵。透过雾，依稀可见他们全都混乱地躺倒在地，没有谁再拿着矛和戟等兵器对着敌方，这个时候，似乎已经没有敌方了。

天帝和蚩尤站在各自的阵营里对峙。

"蚩尤，你不是想杀我吗？来呀！"天帝大声说。

"过去被你杀？"蚩尤的声音听着很强硬。

"你怕死？"

"我不怕死，可我不想死在你的手里。"

"说！还要打多久？"天帝厉声道。

"不知道！反正我要打败你！要报仇！替祖辈报仇！"蚩尤怒气冲冲地嚷。

"你仔细瞧瞧！"天帝指着战场，"你的仇太大了吧？"

"我不管！这都是你造成的！"

"你起兵造反，祸乱天下，还想杀了我，自己做天帝，这些都是我造成的？"

"你可以做天帝，我为什么不能？"

"你不能！"

"你能我就能！"蚩尤火冒三丈。

天帝的嗓音很低沉，"都要做天帝，天下岂不大乱？你不把南方搞好，总想着起兵谋反。你要是做了天帝，天下全得遭殃！"

"我不跟你费口舌！我就是要打败你这个天帝！就是要报仇！"

"看来你是非要杀我不可。口口声声说报仇，我看你是想做天帝想疯了！"天帝仰天大笑，又长叹一口气，吩咐长乘："去，让应龙上。"

长乘点了下头，将红布揉成团，用力抛向空中，高喊："应龙！"

这喊声双方都听到了，连埋伏在远处的陆吾也听到了。他笑笑，然后自言自语："应龙，就看你的了。"

应龙如雀燕般大小，长得像龙，有一双灰色的翅膀，浑身色暗。不知什么时候，他已立于战场边的草坡上，谁也没发现。应龙看到红布团飘散到空中，知道自己该上场了。他边喊着"我在这儿"，边挥动翅膀，径直往蚩尤一方的上空飞去。

应龙的声音很洪亮，蚩尤和他的人马都听见了。蚩尤立刻警觉起来，想着如何快速应对。他的人马也预料天帝会派强手出击，都不由地紧握兵器，严阵以待。不曾想来的只是一只小鸟，飞到他们的上空后来回地盘旋。蚩尤和手下看到后，都觉得好笑。蚩尤笑得很刺耳，"应龙？假的吧！"又朝向天帝那边，说，"拿他来吓唬我？"说着，将长着尖角的脑袋往前一伸，"有本事，来！让我领教领教！"

此时，天帝正小声吩咐长乘："应龙降水后，随时攻打。"

长乘点头，不动声色地准备去了。

应龙盘旋得越来越快，体形逐渐变大，也更为明亮，像一只巨鸟呼啸奔腾着，对着蚩尤的阵地喷吐大水。

蚩尤大感不妙，对着铜头、铁头喊："先往后撤，别中了圈套！"

可是，太迟了。应龙的降水如大雨倾泻，浇得蚩尤人马一时呆立，手足无措。更神奇的是，这大水完全不似雨水，下到地面后，越积越多，然后顺一个方向转动，将蚩尤的人马紧紧地裹到一处，难以挣脱。没多久，水就淹到了苗民、鬼魅的腰部，他们呜哇乱叫，拿着的矛和戟等兵器也跟着在水里不时露一下，又沉下去。蚩尤的兄弟们倒没被淹着，水只到他们的小腿肚，然而，水流跟绳索似的将他们狠狠捆住，动弹不得。

天帝这边，瞅准了战机，在原地果断进攻，朝蚩尤部队密集射箭。

长乘问天帝，是否快速向前，围困蚩尤部队，然后一举消灭他们？天帝没有马上决定，望着蚩尤那边，想了想，说："不可。要是离他们近了，很可能也被大水裹住，陷入险境，到时应龙只得停止降水。降水一旦停了，蚩尤势必反扑，会造成我们很大的伤亡。"长乘听了连连点头，只在天帝近侧指挥作战。

蚩尤的那些兄弟虽困于水中，还是拼命还击。铜头和铁头保护着蚩尤，替他挡了很多箭，他俩都受了些伤，但无大碍，还把射过来的箭又射出去，铜头边射边骂："来呀！让你们也尝尝我铜头的箭！"

应龙仍在不停降水。眼看大水就要没过很多手下的头顶，蚩尤心急如焚。就此完蛋？这口气怎么咽得下！他焦急地想着对策。那些个子小些的和受了伤的在水里拼命扑腾挣扎，尽量将头露出水面。蚩尤看着他们的狼狈相，气得大叫："挺住！还击！还击呀！"他想，就算是死，也得跟天帝拼了命再说。此刻，他恨不得将布置在周边的兄弟们都调回来增援。可是，派谁去联络？抬头张望了一会儿，嘴里骂道："会飞的呢？都死哪儿去啦？"他看到不远处有只獙獙，正张着大嘴在使劲叫，声音很响，似大雁。"你，过来！"蚩尤朝獙獙喊。獙獙哪敢不从，但他的翅膀被水紧紧绞住，脱不了身。蚩尤干瞪眼，急得不住拍打铁头的脑袋，冲着远处骂骂咧咧："这帮蠢货，跟你一样！都这时候了，还不来帮忙！要眼睁睁地看着我死吗？"他咬牙切齿的，实在不甘心。

天帝望着应龙的持续降水，心里思忖，照这么下去，再有个把时辰，蚩尤就该坚持不住了。顺利的话，要尽快杀了他。当然，杀他并不

通天神

容易，切不可大意。先得把蚩尤的大部分兵力消灭掉，他那些铜头铁额的兄弟可是个个能打，不能让他们团在一处。想到这里，天帝叫来几个手下，命他们去领胡、陆吾和驳的阵地传令，必须全力阻止蚩尤埋伏在周边的兵马增援蚩尤，谁要动一动就打，最好打垮他们，不行也要拖住了，越久越好。

蚩尤的阵地上一片哀号。兵马又倒了一大批，有的是被箭射中的，有的是直接被水淹死的。而天帝一方则士气大振。

蚩尤突然夺过一支箭，拉弓就射。箭射向空中的应龙。应龙即刻将身子缩小一些，躲了过去，降水也变少了。"哼，叫你躲！"又是一箭。"快！都给我射应龙！"很多箭射向应龙。

为躲避箭头，应龙将身体越缩越小，最后缩到像刚飞来时的那样。缩小后的应龙无法再降水了。

"哈哈！水呢？看你还能挺多久！箭都对着他射！射死他！"

铜头、铁头也跟着叫，拼命朝应龙放箭。

天帝看到应龙有危险，赶紧下令向攻击应龙的对手集中射击。一时间，战斗更加激烈。天帝担心应龙停止降水后，会给蚩尤喘息的机会。他观察到降水停了后，对方的积水似乎有所减少。要是水的缠绞力也减弱的话，蚩尤一方的战斗力势必恢复，要想打败他会更难。天帝思考片刻，叫来了长乘，耳语一番后，长乘马上派了人面鸮、胜遇和鹙鸟等飞去应龙那里。

人面鸮、胜遇和鹙鸟等很快飞到了应龙周围，和应龙一起快速盘旋。蚩尤的人马被搞得眼花缭乱，看不清哪个是应龙，瞄准时犹豫不决。应龙体形又逐渐变大，乘势降水。蚩尤阵地再次乱了阵脚。

天帝暗自叫好。心想，只要坚持住，就有战胜蚩尤的可能。不过蚩尤一向凶狠奸诈，不到最后是不知道结果的，他不会坐等失败，一定会反扑。天帝不露声色，只在心里提醒自己。

蚩尤又拿起箭往天上射，并急得大叫："给我射，朝所有在飞的射！全射掉！"

铜头忙跟着喊："瞄得准一点，快射！"

密集的箭头射向空中，应龙和人面鸮他们赶紧往外围飞，以躲避危险。天帝下令加强对蚩尤阵地的射击，掩护应龙他们。双方打得很激烈，看不出这场战斗何时会结束。

应龙在大家的掩护下，抓住机会就降水。蚩尤眼睁睁地看着，就是射不中他，气得不停地叫骂。

就在这个时候，大青鸟驮了人身牛蹄神过来。铁头"啊"地惨叫一声，大概是人身牛蹄神太重，摔在了铁头的肩膀上。

人身牛蹄神死死抓住铁头的尖角不放，嘴里喊着："大神，我回来啦！"又低头冲铁头叫："你小心啊，别让我掉到水里！"

"再嚷，真把你扔水里！"铁头没好气地回一句。

大青鸟则落在壮实魁梧的独眼䗩脊背上。这独眼䗩看着像牛，头却是白色的，只有一只眼，长在天灵盖上，尾巴很像蛇。他的嘴巴里正不断发出古怪之声，试图以自身神力让足下摆脱水的缠绕，背上突然被大青鸟一踩，吓了一跳，正欲晃动后背，将其甩落，听到大青鸟说："是我，还得回去报信呢！"独眼蛋只好白它一眼，"以后再跟你算账！"

蚩尤看到人身牛蹄神真是喜出望外，赶紧抓住一只牛蹄问："风伯和雨师到了？"

"到了，大神。"人身牛蹄神应道。

蚩尤松开蹄子，人身牛蹄神将铁头的尖角抓得更紧了。

"到了也得小心，别出差错。天帝的人马肯定也在找他们。"蚩尤说。

"想抓我哪那么容易？"是雨师在说，他从人身牛蹄神的耳朵里钻出来，又跳到他头顶上。人身牛蹄神的耳朵和脑袋被搞得奇痒难忍，不住地皱鼻子瞪眼，又不敢松开蹄子去挠。

蚩尤见是雨师，兴奋地大喊："太好了，这下就看雨师的了！"一手抓住飞来的箭，指着空中对雨师说："雨师啊，快看看用什么办法整治一下上面的祸害！你瞧这大水把我们困的！再这么下去还得淹死不少。看看！动都动不了，这仗还怎么打？"

雨师抬头望了望说："大神，这水降多了对他们自己可没好处。"

"还不是我们倒霉！"说着也朝上望了一眼，"这打又打不着的。雨师啊，没时间了，再不阻止就晚啦！天帝会要了我的命！"蚩尤看着浮在水上死了的手下说。

"大神放心，我这就回去。"雨师说，"我和风伯一起施法才有威力。应龙很快会被赶跑。"说着又面露难色，指着地上的大水说："要解这里的困，大神和兄弟们得先忍忍。"接着，就匆匆将先解围再攻打的大致情形告诉了蚩尤。

蚩尤听后，尽管仍是焦急和担忧，但迫于眼下的不得已，只得说："好，就请雨师和风伯抓紧吧！"语气里透着严厉。

雨师点了点头，又钻进人身牛蹄神的耳朵里。

蚩尤抬头望一眼，吩咐人身牛蹄神切不可大意，小心应龙他们的袭击。

人身牛蹄神连声说"是"，战战兢兢地匀出一只蹄子来小心护住耳朵，生怕雨师掉落出来。不等铜头和铁头喊，大青鸟就飞过来，驮了人身牛蹄神走了。

04

没过多久，蚩尤的阵地上就狂风大作，大雨倾盆。苗民、鬼怪们又是一阵号叫，以为天帝又发起了攻势，就连那些高大强悍的蚩尤的兄弟也都慌了手脚，在狂风暴雨中不知如何是好。整个阵地像是一个巨大的水池，身轻的被猛烈的旋风卷起又抛下。暴雨将视线浇得模糊不清。蚩尤不断抹着脸上的雨水，即便再怎么抹也没有用，他还是不停地抹，并凶狠地喊着铜头和铁头，他得确认铜头铁头还活着，他还有兵，还没有陷入穷途末路的境地。他怀疑雨师刚才说的是不是真话，还要折腾多久？此时蚩尤除了焦急和担心，还感到很无奈。

通天神

天帝看到蚩尤那边的狂风暴雨也很诧异，不知道发生了什么。

长乘说："难道是应龙又发力了？"

"不像。"天帝判断这不是应龙所为。应龙呢？仔细查看，却不见踪影。是及时避开了，还是发生了意外？天帝很是担忧，但顾不上了，他得快速对眼前的情形做出反应。

长乘急切地问："我过去看看？"又说，"蚩尤那边肯定乱成一团，或许现在正是打垮他的时候。"

天帝制止道："慢着，若是诡计，岂不遭殃。"

"难道蚩尤会自己坑自己？"

长乘话音刚落，暴风雨就劈头盖脸地狂奔而来，瞬间打到了身上。

天帝大喊："不好！"一把抓住险些被击倒的长乘，"快！让大家撤！往后山坡！"

天帝的阵地在突如其来的暴风雨中乱作一团。个头小的山精、神兽和一些山民被掀到了远处，有的因此丧命。那些体形庞大的山神、精怪和健壮的山民也一时失了还手之力。

这暴风雨如此猛烈，除了风伯和雨师，谁还有如此神力？看来他俩已经到了，天帝想。他神色凝重，眼神坚定，要大家别慌，先找大石和大树作为掩护，而自己则稳稳地站着。大家看着他巍然挺立的身躯，很快安定下来。

蚩尤阵地的风雨减弱了。蚩尤先是发愣，但当他看到天帝那边的情形后，很快明白过来，狂笑并大叫："接招吧！天帝！"觉得还不尽兴，又对着天上喊："老天呀！你是不想灭我蚩尤啊！"然后张大嘴，狂饮雨水。不多会儿，他发现，地上的水少了，脚下也自由了。"快！射箭！"蚩尤指着天帝一方喊，"他们要跑。冲，快给我冲！一个都不能放过！"又吩咐铜头，"快去！埋伏在两边的兄弟可以夹击了。我看天帝往哪儿跑！"说完，又叫住他，"让后面的谷殷也过来跟我们会合。我要压过去，把天帝的兵马全部消灭！"说完，又突然想起什么，急切地问道："我之前要他们散开埋伏，他们做了没有？要是被天帝早早发现的话，麻烦可就大了！"

铜头忙说："早就按大神说的吩咐过了。应该没被发现。"

"应该？凡事不可大意！要不然都不知道自己的脑袋是怎么掉的！"

铜头连声说"是"，不敢再多说半句，赶紧布置去了。

蚩尤的伏兵很快有了动作。陆吾、领胡和駮发现后，没过多久就和他们交上了火。

蚩尤在战场周边用来打掩护的伏兵有不少是他的兄弟，他们各个身躯高大，头上长有尖角，打起仗来更是拼命，领头的叫谷殷。谷殷和他的人马隐蔽在主力的后方，一直没有动。人身牛蹄神跑来向谷殷传达了蚩尤的命令，谷殷一刻不敢耽搁，马上派了人面鸟身神、鸣蛇、袚袚和人面虎等率领一部分苗民和鬼魅先行出发，自己则和其余人马按兵不动。谷殷在细心察看和静待中，没有发现异常，才带着大家上路。

陆吾带着他的人马一直埋伏在谷殷兵马的附近，紧盯着他们的一举一动。他早已探明了谷殷的实力，当觉察到谷殷的队伍要有动静，就提

追天神

前部署，先一步埋伏在了谷殷他们的必经之地。陆吾沉住气，放过了谷殷的先头部队，专等后面的主力过来再做突然打击。谷殷的实力很强，只有使他猝不及防，才能打乱他的阵脚，赢得先机，即使不能快速取胜，也要拖得他久一点。长乘派象蛇过来传递天帝那边的战况，陆吾听说打得激烈，恨不能立刻就去增援，但是，他得盯住谷殷，并拖住他，尽可能消耗他的兵力，不然，一旦谷殷和蚩尤会合，天帝将更加困难。

谷殷带着他的人马快速赶路。当他们走到一片地势低、树木少的地方时，突然听到一阵喊杀声，瞬间，箭、石头轮番飞来。怎么回事？谷殷他们一时回不过神来，惊慌失措中乱成了一团。是天帝的大部队打过来了？这不正赶着去主战场与蚩尤会合攻打天帝吗？难道蚩尤已经败了？谷殷不信。他快速躲到大树后，极力让自己冷静。听这喊声，虽然很响，但似乎兵力并不多，应该不会是天帝的主力。再说，天帝身边的长乘如旋风一般，下手快准狠，这会儿并没看见他的影子，而且也没看到蚩尤带着铜头他们往这边撤。难道他谷殷早早就被盯上了？谷殷一惊，随后很窝火，在心里骂自己笨蛋。他再仔细观察，见对手只是叫喊、射箭和扔石头，并不冲杀过来，便判断对方兵力不多，袭击是为了拖住他谷殷。于是，他很快命令道："快！往前跑！别停下！"自己也跑起来，还顺手拎起两个鬼魅。

陆吾见谷殷他们开始跑，就带着兵马冲了出来。短兵相接，一时厮杀激烈。谷殷大喊："别纠缠！往前跑！快！"他边喊边跑。遇到对手冲上来，就用刀或挥舞鬼魅抵挡一番，然后接着跑。那被拎着的鬼魅一路号叫不止。

陆吾带着部下拼命阻挡，他的虎掌拍死了很多对手，正欲对付谷殷，谷殷却抢先一步跑了。陆吾边追边喊："挡住他们！"

人面鸟身神、妭妭等见等来的不光是自己人，还有一场厮杀，便冲进去也打了起来。就这样，陆吾和谷殷两方边打边跑。不知道过了多久，双方打到了天帝和蚩尤交战的主战场附近。

领胡打掉蚩尤一部分援兵后，先一步到了那里。他正准备往蚩尤的阵地冲，回头看到陆吾在与谷殷对战，就带着人马过来夹击。他兴奋地大喊："我的天神，怎么才到？用你的虎掌迈着碎步来的？"说话之间也不耽误作战，眨眼工夫就用鲜红的尾巴勒住一个鬼魅的脖颈，再顺势一甩，鬼魅就被扔了到远处。谷殷见状，将尖角刺向领胡，领胡牛头一偏，躲了过去，再猛地一撞，谷殷跌倒在地。

"哟，难得这么灵活嘛！"陆吾边打边说。

"小看我？"领胡看见有个苗民从一侧扑来，就身子往前一闪，反手揪住了苗民，随后一把将其抛到半空。"不管轻的重的，都得灵活，看见了？"领胡很得意。

"小心！"陆吾喊。他跳起身，从领胡身上越过去，推开正欲攻击领胡的谷殷。

领胡惊了一下，虎着脸朝陆吾使了个眼色。陆吾会意，对着露出尖牙冲过来的谷殷，他俩假装后退，再突然拧身，从两侧扑向谷殷。谷殷一愣，不知该先对付谁，但他也没怎么犹豫，两臂左右同时出击，尖爪戳向两边。谷殷个高臂长，险些戳到领胡。

"我叫你戳！"领胡身子一低，抬腿就是一脚。谷殷的长腿屈了一下，疼得叫了一声。陆吾趁机补了一巴掌。谷殷气得朝陆吾猛扑过去，陆吾旋即避开，但还是被谷殷揪下一把毛发。谷殷气得将其扔掉，一时间，毛发四散，白的、灰的、棕的、红的，飘飘扬扬，搞得正在激战的双方部分人马眼睛、鼻子和耳朵都痒痒的。谷殷忍不住打了个大喷嚏。领胡趁势喊："看我的！"就跨步上前，一转身，用红色的尾巴绕住谷殷的脖颈，再使劲一拽，谷殷身子晃动，脚下踉跄，但他很快就将尖爪刺进领胡的背部。血流了出来。领胡一阵钻心的疼痛，但咬牙坚持，不肯松尾。情急之下，陆吾大叫："我来！"转身掀动尾巴，朝谷殷甩去。陆吾的九尾死死缠住了谷殷的整个身体，谷殷动弹不得，只能龇牙咧嘴地乱叫一气。

蚩尤正忙着指挥与天帝的作战。天帝的部队虽然被狂风暴雨袭击，战斗力大大减弱，但部分兵马仍在与蚩尤一方交战。看来天帝的部队没有被全部卷进暴风雨里，蚩尤判断。他急需埋伏在战场周边的谷殷他们的增援。天帝的主力大部分已被暴风雨围困，只要有增援部队赶来，就能集中兵力快点把眼前的消灭掉，对付天帝会更有把握。但他发现谷殷往他这边来的同时已经打上了，还很激烈。难道是天帝早有准备，派了兵马盯着谷殷？蚩尤迅速动着脑子，不过他也明白，到了这个时候，再怎么想都来不及了。先让他拖着对方吧！蚩尤暂且顾不上管谷殷他们。但他还是朝谷殷那里看了几眼，发现谷殷的对手是陆吾和领胡。天帝竟然派陆吾和领胡埋伏打援？藏得够深的！谷殷有危险了，他如果出事，会影响对天帝的作战。蚩尤边想边叫来铁头，"去帮一下谷殷，陆吾和领胡不好对付，别叫他们堵了我们的后路！"

铁头听了，赶紧带了手下过去。

谷殷看到铁头往这边来，就拼命大叫："铁头，救我！"

领胡一看，朝这边来的也是和谷殷差不多的个头，就冲陆吾喊："快！他过来就麻烦了！"

陆吾隔着战场上混乱的身影，也看到了铁头。他要领胡坚持住，然后用尽全力一声怒吼，将尾巴收得更紧，死死勒住谷殷。领胡也忍痛用力。眼看铁头快到跟前，原本还在用力挣扎的谷殷不动了，他终于被陆吾和领胡合力勒死。就在铁头的爪子快要戳到陆吾时，他俩立即松尾，迅速避开。

铁头见谷殷死了，又没抓住陆吾和领胡，两眼冒火，他在战场上乱窜，要追打他俩，可自己不是被敲脑袋，就是后背挨一棍子，折腾了半天，却打不着对手。他气坏了，不住地骂骂咧咧，又毫无办法。

谷殷一死，手下的人马渐渐乱了套，胡打一气，不一会又折损大半。

"领胡，你伤得挺厉害。"陆吾边说边抓了把湿土。

"哼，别说用九条尾巴，我这一条就能要了他的命！"

陆吾将湿土糊到领胡的伤口上。

领胡疼得大叫："哎呀，轻点！疼死啦！"

陆吾觉得好笑。很快又提醒领胡，"我说，这里除了谷殷的人马，

追天神

铁头又带了些来，要是他们再有增援，我们会很危险。得赶紧抽身，不然会来不及。"

"我们一走，天帝那里不更难了？"

"当然还得拖着他们。等天帝那边情况好转、有了办法再说。这风伯和雨师太厉害，一时半会儿还真治不了他们。"陆吾心情沉重。

"要不这样，我在这里挡着，你带着大家去增援天帝。总不能都耗在这儿！"领胡说。

"不行！还是得一块儿。我们的兵力不少，他们一时打不垮我们。先离开这里，找到有利地形，再分散跑动起来，完全可以拖住他们。绝不能让他们和蚩尤会合。"

"好，就按你说的做。"领胡赞同。

随后，陆吾和领胡在厮杀中四处穿梭，向自己的人马传递撤退命令。很快，大家也都边打边传，没多久就都撤了出来。

铁头发现不对，要带着手下去追，有谁嚷了一句："不会是圈套吧？"铁头愣了一下，想到刚才与陆吾、谷殷的交手，他的身上似乎又感觉到了疼痛。他决定先去报告蚩尤。

蚩尤深知，任何的战争，不到最后，都是不知道结果的，更别说是与天帝的生死存亡之战。打到现在，战场麻烦不断，随时都在发生意外，他不得不步步为营，哪怕战争的主动权到了自己手里。他用尖爪点点铜头的脑袋，叮嘱他："告诉兄弟们，打的时候别靠风雨太近，不然很可能会被搅和进去。暴风雨里，天帝的人马究竟是个什么情形还不清楚，别都赶着去送死！"想了想又说，"尽量跟对方拉开距离，多射箭。记住了，千万不能小看对方。我们的援兵有的不太顺，不过也都在往这边赶。你告诉大家，打的时候长长心眼，别还没干掉对方，自己先被干掉了。"

铜头边揉着脑袋边说"是"。正要走，又被蚩尤叫住。

蚩尤眼尖，发现陆吾和领胡正带着他们的人马撤退，立刻指着说："想跑？赶紧堵住他们！决不能让他们去增援天帝！"看到铁头没在追，就骂道："笨蛋！就是不用脑子！"

铜头站立不安，又不敢吭声。蚩尤看他一眼，"让铁头去追。你去吩咐，大部分援兵赶到后赶紧包围天帝。就照我部署的，越快越好！不能让他们缓过劲来。"

铜头匆匆去了。

铁头很快过来。蚩尤骂道："没用的东西！谷殷死了吧？他的人马都乱了套！你睁大眼瞧瞧，有的溜得比对手还快！"又重重地叹了一口气，"把陆吾和领胡活活给放跑了！"铁头愣在那儿，蚩尤踢他一脚，"还不快去追！"

铁头想，这是要他赶紧去追逃兵？还是对手？他不敢问，索性先带了手下跑起来再说。他越想越窝火，不时朝手下的屁股踢去，催他们快点儿。

蚩尤想到陆吾和领胡杀了谷殷，并将谷殷的部队打散，跑去天帝那儿，气得脸色阴沉，来回走步，从嘴里憋出一句："得赶紧杀了天帝！"

逐天神

陆吾和领胡率兵马一边撤退，一边将还在追赶着他们的部分敌兵引到了一处坡地。这坡地杂草茂密，灌木丛生，他们决定在此拖住敌兵。蚩尤兵力雄厚，很多已经压向天帝那边，但是，拖住一些是一些吧！陆吾和领胡急着想知道天帝那里的情形，好久都没消息了。

"要不我去看看？真是急呀！"领胡说。

"慢，天帝那边来消息前，先按原定的做。"

"都过了这么久！"领胡很烦躁，但不忘及时射箭或出手对战敌方。

数斯灰儿突然落到领胡背上，领胡疼得叫了一声。

灰儿估计领胡受了伤，正要细看，领胡却催他快说要紧的事，灰儿就说："駮让我来告诉大神，风伯和雨师正在兴风作雨，天帝他们大都被困住了。駮正尽力往天帝那边靠近，只是暴风雨太大。他要你们也往那边去，只是千万小心，别被卷进风雨里。駮还说，大家要一起挡住蚩尤的兵马，否则天帝的处境会更危险。"

"好！"陆吾和领胡同时答应。

陆吾说："都说风伯和雨师厉害，竟被蚩尤给利用了。"

"是啊！"领胡也感叹。他问灰儿："駮有办法了？"

"现在还没有，不过，会有的。"说着，灰儿又补充道："这是駮说的。"

陆吾和领胡即刻带着部队甩掉追兵，加速行进，很快就与駮和坚持交战的那部分人马会合了。

虽说离天帝那边还有些远，大家的脚下已是不稳，感觉随时都会被暴风雨卷走。狂风暴雨将通向天帝那边的路全给堵住了。远远望去，一些矛、戟、盾什么的在风雨中胡乱翻腾，好像还夹杂着一些人和神的影子。领胡拔脚要冲，被陆吾拦住。

他们一起商量对策。大家一致认为，必须尽快堵住蚩尤的兵马，让他们离天帝越远越好。还要打乱他们的阵脚，削弱其兵力，决不能让他们对天帝形成包围。

随后，驳既像是对陆吾和领胡，又像是对自己说："天帝会有办法的。打了多少回仗，什么时候认过输？"

"就是！"陆吾和领胡听了很振奋。

"要是见得到长乘，就知道天帝那里的情况了。"陆吾说。

"嗯，还可以把下一步也给商量好。"领胡道。

"天帝如果能从暴风雨里走出来多好！"驳说着叹了口气，"就是能这样，天帝也不会独自出来。"

"是啊！"领胡点头。

驳加重语气道："我就不信，暴风雨会没完没了？天帝他们能挺得住！我们要压住蚩尤，不能让他在暴风雨减弱时全力对付天帝。"

"对！"

驳又说："先按我们商量的办。过后，也许天帝就有办法。"

"好！"

他们正要分头行动，一旁的灰儿突然喊道："那穷！"

大家顺着他指的方向望向天空，视线绕了几下，才将他"捉住"。

画天神

那穷正追着一个飘在空中的女子。女子体态特别轻盈，直往高空去，青色的衣袂随风飘拂。那穷极力靠近女子，好像在对她说着什么。

"那不是青女？天帝在槐江山上遇到的。我见过。奇怪，她应该是待在穹宇的，怎么跑这儿来了？"陆吾说。

"就是，她跑这儿来干吗？"数斯也很好奇，附和道。

陆吾他们看到那穷原本很高兴，想着他能下来商量点事，或帮一些忙。可是，那穷却似乎在天上和青女起了争执，也不知道是为了什么，说来说去的，老也停不下来。

"这个那穷，还是个碎碎嘴！"领胡嚷了一句。

战斗持续着，大家顾不上那穷，他们要对付蚩尤的攻打。

"蚩尤很狡猾，除了正面交战，还要防着他从别处偷袭。"駮分析道。

陆吾和领胡听了直点头。他们商量过后，调整了战术，决定由駮率领大多数人马打正面，领胡带部分人马打侧面，陆吾则带小部分人马配合，随时观察战场，移动接应。

而此时在天上，那穷正冲青女嚷："快回穹宇，这里危险！"

"我不！"青女说，"这里有暴雨，所以我要来！"

"你来有什么用？能救出天帝？"

那穷说得没错，她怎能救得了天帝？青女想，可此刻她就是控制不住地要冲进暴风雨里去。

那穷见她不吭声，以为自己的话奏了效，就继续说："我半路回到天帝身边，没看到你，可见天帝出发时并没有带着你。你干吗偏要来？这里可不是玩的地方。"

青女不听，仍向暴风雨冲去。离暴风雨近了，青女险些被刮走。她对那穷喊："快拽住我！"

那穷飞过去，蛇尾一甩，拽住了青女衣袖，嘴里说："胡闹！别添乱了，快回去！"

青女说："天帝有危险，我怎么能走？"

"这是打仗！你一个女子非要往里去，不是送死吗？"那穷又气又急。

"我不管，就要去！"说着又往前冲去。

那穷只好尾随。

狂风大作，暴雨如注，青女很难再往前去。她对那穷说："你飞得快，力气也大，你拽着我冲吧！"

那穷愣了一下，尾巴一时松动，青女差点飘走，她大喊："小心啊！你拽紧点！"

那穷拽着青女在天上飞，蚩尤也看到了。"那穷！"蚩尤望着他，咬牙切齿的，"有种你下来！"又冷笑道："把融吾弄走，算你狠！这回又想救你的天帝？做梦！你还是好好尝尝风伯和雨师的厉害吧！"说着，看了看青女，嘲讽道："看来是没招了，弄了个女的来，就会这么飞来飞去的。"他的视线又转向那穷，狠狠地盯着，恨不得马上就把那穷抓住。但他明白，眼下还不好抓，也没那工夫，等杀了天帝再抓不迟。他又瞪了那穷一眼，然后忙着指挥地面作战，不再理会。

铜头来报,天帝的援兵里领头的不仅有陆吾和领胡,还有駮。駮?他又是打哪儿冒出来的?蚩尤一愣,随后倒吸一口冷气,駮的厉害蚩尤是知道的。看来天帝极其精明,这些厉害的援兵在天帝最危险的时候才出兵,是要打他蚩尤一个措手不及啊!蚩尤想着,心里焦虑不安。天帝的援兵太强了,不好对付,得赶紧想办法。不先斗过他们,怎么杀得了天帝?他使劲揉了揉脑袋,提醒自己保持清醒,必须将所有都考虑周详。风伯和雨师帮了大忙,用暴风雨困住了天帝,即便天帝的援兵厉害,也对暴风雨无能为力。但即使这样,还是得万分小心,别出什么乱子才好。蚩尤盘算了一下,这么猛烈的暴风雨,不出意外,天帝那边很难扛得过去,起码他的兵力会大大折损。要是能将他的援兵和在外残存的兵力先打掉,天帝就逃不出他蚩尤的手掌心。蚩尤忍不住道:"天帝呀天帝,看你还能扛多久?"战场上传来了阵阵的厮杀声,时不时在搅乱他的心。得让他的人马多加小心,还得下狠手,不要搞到跟谷殷似的……不然,别说杀天帝了,就连自己……蚩尤竭力克制住烦躁,果断吩咐铜头:"想办法把陆吾和领胡的头给我揪下来!拿不了駮的头,就把他赶跑!"

铜头掂出这番话的分量,二话没说,赶紧就去。

交战越发激烈。駮带领龙身鸟头神、猛豹、熊、豪巘还有山民等,射箭、投掷,阻击蚩尤的进攻。很快双方进入肉搏,到处是长矛、戟、棍子等的击打声,还有粗细和高低不一的喊叫声。而狂风暴雨依然将天帝他们阻隔在外,至于那穷和青女,早已被地面的激战双方忘得一干二净。

　　天上，青女坚持要那穷拽着她往暴风雨里去。那穷见劝阻不了，干脆豁出去，拽着她冲进了暴风雨。

　　青女担忧天帝，却也不是一味莽撞，她想到了自己的身世，都说自己在哪儿，哪儿就干旱。若真是这样，她望着前方的暴风雨想，或许自己能止住它，如果暴风雨停了，天帝就能缓过来，与蚩尤对决。但，真的能行吗？这个念头闪了一下。没时间犹豫了，此刻青女就想马上冲进暴风雨里去。她来不及把自己想的都告诉那穷。

　　那穷则想，既然救不了天帝，不如就和天帝在一起。

　　那穷和青女一入暴风雨里即刻就被冲散。青女不知去向，那穷则被狂风卷起，暴雨像鞭子似的抽打着他，随后他又被抛向远处，晕了过去。

　　不知何时起，暴风雨开始减弱。天帝抹了一把脸上的雨水，要大家打起精神，准备战斗。

　　蚩尤的援兵除了折损的差不多都到了。他们兵力充足，气焰嚣张。駮、陆吾和领胡只有率领手下奋力一搏，削弱蚩尤的战斗力，才能给天帝争取时间，想办法打败蚩尤。

　　駮带着部队打得很艰苦，他们常常独自一个要同时面对数个敌手。幽鴳、钦原和数斯一旦发现危险，就会喊："小心背后！""低头！"或干脆飞到敌手上方，冷不丁地嗛一下他们的眼珠，或狠咬一下对方的屁股，搞得对手不时疼得大叫。駮的手掌一刻不停，就算涌上来一群敌手，也不在话下。他两前掌并用，正反巴掌一顿猛抽，眨眼工夫一个个就被打出老远。那些鸟精、苗民和鬼魅冲过来，駮就省点力，大巴掌一抓好几个，再使劲一甩，半空中尽是鬼哭狼嚎。有几个蚩尤的兄弟冲了过来，他们个头大，牙齿和爪子极其锋利，駮一个跃起，趁对方没反应过来，已将几只脑袋打晕，又迅速揪住其头上的角，将他们的脑袋对撞，立刻有尖利的牙齿掉落。

搏斗间隙，駮还让灰儿去看一下陆吾和领胡那边的情况。駮担心，天帝被困，要是其他哪个要地被蚩尤占据上风，情况会非常不利。

灰儿飞了一圈后回来，没等报告，就激动地大叫："天帝！"随即，往天帝那边飞去。

駮和一些听到的手下就边打边往后看一眼。他们看见了天帝的身影。大家这才发现天帝那边的暴风雨变小了，都很惊喜。他们忍不住喊："太好了！天帝没事！""风伯和雨师不行啦！""看蚩尤还能撑多久！"

大家打得更勇猛了。而在战场侧面战斗着的领胡及做着移动打击的陆吾也都精神倍增。

天帝面色凝重，脸上有不少刮痕，还有血迹。他的衣衫都破烂了，像挂在身上的布条。天帝站起身，很多体形较小的禽鸟、精怪和山民从他的臂下、衣襟里及背后跑了出来。

战斗仍在继续。天帝洪亮的嗓音穿透了厮杀的战场："蚩尤！没想到吧？你杀不了我！"

此时，駮的手掌啪啪几下将冲上来的虎狼拍倒，头上的尖角再一用力，从斜上方扑过来的大青鸟迅即被顶回半空，再摔到地上直喘粗气，幽鹞和钦原快速上前将其拿下。

陆吾率先赶到天帝身边，把与駮和领胡合力作战的一切告诉了天帝，还报告了蚩尤目前的兵力和分布。

"蚩尤是要跟我死战到底啊！那我就在涿鹿消灭他！"

长乘整顿了队伍后过来，看到陆吾很兴奋，与其击拳，并对天帝说："都查过了，还好，大部分兵力还在。一些个子小的山民、鸟兽遭了殃……"

"这笔债得跟蚩尤算！"天帝的声音低沉有力。

很快，天帝对作战重新做了部署，陆吾到蚩尤的后方堵住退路；数斯灰儿去告诉駮，顶住蚩尤正面的兵马，天帝将要发起猛攻；领胡和长乘则各带一路兵马狠打两侧，以防对手逃脱。

天帝的部队士气高昂，都憋着一股气，要消灭蚩尤。

蚩尤看到风伯雨师功力减退，大为光火。他来来回回地走着，大叫："怎么回事？风伯和雨师呢？"

风伯雨师赶了过来。风伯说："原是可以压住天帝的，大神也看到了暴风雨有多厉害。照这样下去，不用大神费力，就能灭掉天帝的大部分兵力。可是，天上竟冒出个天女，把好事给搅了。"

天女？蚩尤想起来了，是有一个女的，和那穷在一起。是她！"大意了！"他使劲拍了一下脑门，气不打一处来。随后，目露凶光，问风伯和雨师："怎么，你们俩的本事加起来都不及她？"

风伯和雨师对看一眼，小声说："以前没听说过有什么天女……"

"没听说过？"蚩尤说着，爪子摁在了风伯的脊背上，然后划拉一下，风伯的背上立刻渗满了血。蚩尤又用两根尖指将雨师捏到眼前，雨师疼得乱叫。"赶紧给我降雨，跟刚才一样。"

"好、好，你放开我。"雨师蹬着细腿。

蚩尤将其放到人身牛蹄神的肩膀上。雨师的身子直挺挺的，所有的细腿变得僵硬，嘴里有气无力地说着什么，听不清楚。过了好一会儿，也不见天帝那边有大雨降下来，蚩尤气得一把将他捏死。风伯看到后浑身发抖，不用问，他也不中用了。蚩尤只好赶紧打点战事。

天帝在细雨中拔出剑，变亮的天光将宝剑擦得铮亮锋利。蚩尤看在眼里，知道决战的时刻已到。

一处草丛中，那穷斜靠着树。他喉咙里呛了很多雨水，突然咳起来，然后便醒了。他茫然地望着变弱的雨水，感觉着身体的一些疼痛。渐渐地他想起了一些事，天帝被暴风雨所困，自己和青女一起闯进了暴风雨。他身子不由得抖动了一下，随之是一阵钻心的疼，他差点叫出声来。"我快死了？"他悲哀地想。再看一眼雨水，又觉得安慰。天帝他们呢？他努力望向四周，没有找到天帝和部队。地上一片狼藉，到处是横七竖八的矛、戟和长棍等兵器，还有东倒西歪、看着像是已经死去的人和兽。

远处传来交战声。天帝正带着大家追杀蚩尤，一定会很快杀了他，那穷想。他感觉头昏脑涨，浑身乏力，但还是强撑着检查了身上的伤口。不远处有翠羽草，那穷忍痛爬过去揪了一些，再将它撕碎揉搓后盖住伤口。自己一时半会儿不会死，却什么也做不了，他想，心情不免沮丧。青女呢？那穷脑子里出现了和青女一起冲进暴风雨的情景。青女真是勇敢，而自己也没退缩，那穷想着笑了笑。他又仔细查看了周围，然后抬头往天上看。这一看，他惊呆了。

半空中，青女正踩着雨水翩然而行，脚下绽放出连绵不断的水花，像一道素色的虹，透明洁净。雨水竟然没有打湿青女青色的衣衫，她的衣袂和裙裾依旧轻盈地飘动，看着真像是微蓝天空下一株美丽的祝余花。

风雨终于停了。天空蓝得透亮，地面被暴雨冲刷过后清晰得仿佛要将眼眸刺痛。那穷很想问一下青女，这到底是怎么回事？他用力喊青女，但是，她听不到。青女脚下的水花逐渐消失，素色的"虹"也淡了下去。随后，她轻盈地往高处、远处飘去。那穷眼睁睁地望着，想去追，却起不了身。青女这是回穹宇吧？那穷想，看来这场暴风雨是被青女止住的，难怪她要拼命往里冲……多亏了她呀！不然风伯和雨师还不知道要闹多久，后果也是难以预料。跟青女比，他那穷受这点伤，实在算不了什么，只可惜不能和大家一块儿上战场拼杀，有些憋屈。远处的喊杀声还是不时传来，战事如火如荼。过了一些时候，那声音变小了，再往后越来越小，直到再也听不见。天帝不会再给蚩尤机会，那穷坚定地想。

05

　　天帝率领部队打得蚩尤的兵马不断逃窜。南方的苗民们个头一般，哪里打得过天帝手下的神兽和健壮彪悍的山民？他们很快落败，死去的躺了一大片，受了伤、跑不了的就倒地哭喊哀求，而没受伤的干脆扔了兵器，慌忙逃跑。那些蚩尤的兄弟们倒是各个能打，他们坚持了很久，打得筋疲力尽，不知道谁喊了一声"快看！大神跑了"，他们一听慌乱起来，打得这般辛苦，没有等来蚩尤撤退的命令，蚩尤自己倒先跑了，再看到天帝的兵马重重地压过来，他们觉得再打也无济于事，便也纷纷沿着蚩尤的路线逃跑。一些正在逃跑的鬼魅看到蚩尤的兄弟们在跑，都纷纷攒到他们的背上。鬼魅没什么重量，丝毫不影响蚩尤兄弟们的步伐。蚩尤的兄弟们个头都极高，跑一步，顶苗民很多步，背上的鬼魅攒得多了，看起来就像佝偻着背的老头背了一只黑乎乎的大袋子，跑得却很快。

　　蚩尤骑着马身龙首神独自奔往一个熟悉之地。那里杂草和灌木丛生，奇石繁多，还有参差林立的各种树木，地势更是高低不平。在那里与天帝对决，蚩尤觉得对自己更为有利，胜算也更大，因为相比天帝魁梧的身形，他蚩尤的身形瘦削一些，也更为灵活。况且，那里杂草树木最多的地方，有一个断崖，很难被发现。有一次蚩尤迷了路，误入了那里，因为跑得急，差点从断崖处跌落下去，幸亏抱住了崖边的老柏树。

若是将天帝引到断崖处……蚩尤在马身龙首神的背上嘴咬牙切齿的："天帝，你就等着吧，我非杀了你不可！"随后笑了笑，尖利的牙齿好似往外刺出来，显得很狰狞。

天帝看到蚩尤骑着马身龙首神跑了，马上做个手势，飞蛇很快过来，天帝骑上后，直追蚩尤。这飞蛇身子极长，能离地奔跑，即使驮着天帝庞大的身躯，也能跑得轻松自如。

蚩尤拼命地跑，变成了小点。天帝并不着急，陆吾已在蚩尤逃跑的路上埋伏好了。天帝很快赶上了正在逃窜的那些个蚩尤的兄弟，也不与其交战，而是交给駮和领胡来对付。一个蚩尤的兄弟背上驮了太多的鬼魅，挡住了天帝的视线，天帝顺手揪了扔到远处。几个蚩尤的兄弟发现是天帝，就要围攻他。天帝拍一下飞蛇，眨眼就跑出很远。

蚩尤在快到那个熟悉的地方时，稍稍放慢了速度，以免天帝跟丢。回头看去，天帝的身影一点点变大。蚩尤转回头，正要得意，却感觉到前方有动静，好像还有影子晃了一下。再定睛细看，又什么都没有。难道是天帝？他又往回望了一眼，确认后面的才是天帝。看来前面是天帝的伏兵，等着堵他蚩尤。蚩尤骂了一句。他突然冒出个念头，眼下离天帝的埋伏还有一大段路，倘若此刻拐进林子，他蚩尤的意图很容易会被发现，不如往前冲一冲，等遭到了伏击，再佯装后退，看起来似乎是不得已才拐进那个地方的。他要尽量做得没有痕迹。

眼前就是那个熟悉的地方。蚩尤在拐口处没做半点停留，继续往前去。他保持了一定的速度，似乎没发现前面有伏兵。

通天神

蚩尤到了陆吾的埋伏地。陆吾纵身一跃，挡住了蚩尤。马身龙首神被多箭射中，疼得突然弹起，蚩尤被甩了下来。马身龙首神顾不得疼，身上的箭都没有拔去，就抛下蚩尤，独自逃命去了。蚩尤并不在乎马身龙首神的逃走，很快起身，转身欲跑。陆吾冲上来朝他猛击一掌。蚩尤有点晕，但顺势一脚，将陆吾踢开，嘴里骂道："回头再弄死你！"然后转身就跑。

埋伏的手下要去追，陆吾不让，说："他跑不了，天帝马上就到。天帝说过，蚩尤不好对付，让我们在这里挡住他就行。我们集中力量对付蚩尤的人马。"说着，往远处看去，"估计他们快到了，赶快准备一下。"大家听了后，迅速散开，重新隐蔽。

蚩尤退到了熟悉的地方。眼看天帝快要追上，蚩尤故意在林子附近左顾右看，像是在寻思往哪儿去好。之后"面露慌张"，似乎迫不得已才拐进身边的密林里。

天帝到了拐口处，从飞蛇背上下来，说："你且留下，在这里接应驳他们。"又对着前面陆吾他们的埋伏地，指了指自己的身后，再点了点头，意思说：后面的就交给你了。然后，进了密林。

陆吾明白天帝的意思。天帝自是勇猛顽强，武力超群，而蚩尤又岂是容易打败的？陆吾还是忍不住担心，怕天帝遭遇不测。好在驳、领胡和长乘他们不久就会带着队伍赶到，陆吾稍稍安心些，说了一句："蚩尤，这回你可死定了！"随后，就去部署阻击蚩尤兵马的事。

蚩尤的兵马一路飞奔。原先以为，就算是逃跑，也是一路跟着蚩尤的，可没曾料到，跑着跑着，连蚩尤的影子都不见了。这一下他们没了方向，任凭铜头铁头怎么吆喝，都不再听，何况后面还有魃的队伍在追杀，他们在惊慌失措中自顾不暇地逃命，完全失去了战斗力。

陆吾告诉大家："蚩尤的兵马快到了，我们要尽可能地拖住他们，别让他们跑了。大家要坚持住，一定要拖到魃他们上来，形成夹击，将蚩尤的大部分兵力消灭掉。到时候再杀了蚩尤，天下就太平了！"

大家纷纷点头，士气高涨，各自拿起兵器，准备战斗。

天帝进入密林后，环顾四周，密林里到处都是杂草、灌木和各种树，看上去密不透风，有些闷热，或许是很多光线被树木遮挡住了，整个林子弥漫着阴郁的气息。不过这里很安静，与激烈的战场相比，仿佛是另一个天地。难得传来一声鸟鸣，却不响亮，像是因为害怕而压低了叫声。

天帝谨慎地往前，却还是一脚踩到被树叶遮盖的低地。树叶像是受了惊吓，控制不住地发出了"咯吱"声。天帝沉住气，不露声色，仔细查看地形，猜测蚩尤会躲在哪里。他也有担心，这里树很密集，空地不够大，一旦打起来，自己的身形肯定不如瘦削的蚩尤灵活。天帝明白了，在心里冷笑一下，蚩尤真够用心的，专门挑了这里来对决。好吧，就让他自作聪明。他要是不设套，还真不好靠近他。反正不管在哪儿，都得把他灭了。天帝的内心很坚定，但他反复告诫自己，得小心，蚩尤一向奸诈，估计会设下陷阱。那么，会是什么陷阱？在哪里？天帝仔细搜寻，不放过任何可疑之处。时间又过去了一会儿，天帝没有发现什么，却隐约觉得离蚩尤近了。

天帝停下来，低头细看，地上有些叶子是被踩踏过的。有只麻雀擦了额头飞过，痒痒的，正要挠一下，却发现不远处柘木的树枝微微晃了晃，此时一点风都没有。"蚩尤正瞧着我呢！"天帝想，嘴角微微扬了扬，不动声色地朝着柘木方向去。他不看柘木，而是看着柘木的旁边，脸上露出似乎发现了什么的一丝得意，还加快了步子。刚走过柘木，就冷不丁地转身，冲着柘木大吼一声。

躲在树后的蚩尤吓了一跳，连带着柘木及周围其他的树木也哗啦作响，抖动了几下。突然，浓密的树叶里伸出尖爪，扎向天帝。

天帝早有防备，侧身滑进两棵桑树间，大手掌一拧，就近的几棵臭椿就被拔下，再用力对着柘木糊过去。只听得"啊"的一声号叫，"噗通"一声，蚩尤仰面倒地，身上堆了好些树木。天帝趁他起身之际，用树枝拨弄一下蚩尤身上来不及推开的树木，自己闪到蚩尤后方。蚩尤迅速跳起，向前扑打，天帝旋即在他后背补上一脚，蚩尤的身子失控，往前栽去，摔了个嘴啃泥，尖利的长牙一下子插进了土里。天帝上前，脚重重地踩在了他的背上。他气愤地哼哼，爪子在地上乱刨，没办法起身。天帝说："不是要杀我吗？这才没两下就起不来了？"

"你偷袭我！"蚩尤语音含混，头不住地往上用力，想拔出他的牙。

"偷袭？不是你故意引我过来的？"

"明明是你追的我！我不跑，等着让你杀？"

"是你想杀我。还想抵赖！"

"我既想杀你，为何要跑？"

"天帝是你随便杀得了的？"天帝冷笑一声，"偷袭就不一定了。"

蚩尤眯缝起眼睛，"算我倒霉，没让风伯和雨师把你弄死！有什么办法，只好跑，你却让陆吾堵我的路。"

"哦？是被陆吾堵了才逃到这里的？"天帝弯身凑近了蚩尤。

"哼，我到哪儿都躲不过你！"蚩尤恨恨地说。

"你太贪心！在南方待着，我也没对你做什么，你却非要来这一手！"天帝的脚用力踩了一下，"还想做天帝！"

"那都是气话！哎哟，疼死啦！天帝饶命！"蚩尤大叫，趁机松动插在土里的牙。

"哼！气话？"说着，天帝抬腿想踢他一脚，蚩尤趁机躬身一跃，用后背猛撞天帝。天帝被掀倒，跌到突起的大石头上，后背先是一阵发麻，随后是钻心的疼。

蚩尤揉着自己的背部，冲天帝嚷："你也尝尝这滋味！"然后笑一下，露出尖牙，"当天帝怎么了？还是那句话，我祖辈就是天帝，被你赶到南方。我就是要灭了你，夺回天下，为他报仇！"

"别找借口！我去南方把你们赶尽杀绝了？"

"我要你还我全天下！"蚩尤说着，尖利的爪子直刺天帝的胸膛。

血流了出来。天帝捂住伤口，紧盯着蚩尤。"做梦！"他忍着痛快速出重拳，打到蚩尤的下颌。

蚩尤歪着头，好像无法动弹似的斜视天帝。然后，他的尖角猛地朝天帝刺去。天帝的身后都是树，他往下一蹲，躲了过去，顺手给蚩尤肚子来上一拳。蚩尤又出脚踹，天帝侧身，反勾一脚，踢在了蚩尤的屁股上。蚩尤窝火，用爪子狠狠刺向天帝。天帝瞥一眼空阔处，连番侧滚，躲过攻击。

搏斗中，天帝问："这会儿风伯和雨师呢？"

"怎么，你也想找他们？"蚩尤狞笑一声，"雨师神力不够，害惨了我，我已经把他给掐死了！风伯也不中用啦！他俩折腾半天，也没弄死你，还得我亲自动手！"

"你终于说出口了。"天帝冷笑道。

"谁叫你是天帝！"蚩尤怒气冲冲地嚷。

"你用大雾破我的雷雨，又弄来风伯和雨师。还有什么招，使出来！"天帝大吼。

蚩尤听了耷拉下脑袋，显出有气无力的样子，说："我的招都不管用，还能有什么！"

天帝知道蚩尤厉害，而且诡计多端，想要杀他并不容易。在交锋中，天帝不光提醒自己要谨慎，还十分留意蚩尤的细微举动。好多个回合后，各自的身上都有了不少伤。天帝耐心地打着，不时摸一下伤口，露出些许疲态，以便让自己看上去显得被动。天帝要尽可能地麻痹蚩尤，摸清蚩尤究竟想把他天帝引到何处，只有将计就计才有可能杀了蚩尤。

蚩尤也小心地防着天帝，知道凭实力很难打得过。然而，他心里充满了怒火，曾无数次发誓，要打败天帝，夺取天下。此刻天帝就在眼前，他蚩尤似乎还占了一丝上风，这是杀天帝的最好时机，他绝不会放过，只要秘密没被发现，就有制胜的把握。蚩尤不断给自己打气，并在搏斗中尽量避免再受伤。

"你从哪儿弄来个天女？坏了我的好事。"蚩尤边打边说，并往断崖处移动。

"天女？"

"别装了！你藏着她，专等着对付风伯和雨师吧？"

"是她自己跑来帮我的。你起兵祸乱天下，谁都要治你！"天帝趁蚩尤不备，一巴掌劈过去。

随即，蚩尤的肩胛骨往下塌了一块，肩膀变得一高一低。他怒不可遏，蹲身，扫了天帝一腿。天帝及时起跳，避了过去，头却撞到了树上交错的枝条。枝条摇晃着胡乱抽打起来，发出嗦嗦之声。密林外传来了高高低低的厮杀声，天帝和蚩尤都知道这是双方的兵马在激烈交战。不过对于他们来说，眼下要对付的是面前这个最强大的敌人，其他的暂且顾不上了。

很多个回合之后，打到了断崖附近。天帝留意到这里的树木杂草十分密集，陷阱或许在这儿，他想。蚩尤露出些许激动，但很快就克制住了。天帝凭借高大的体格，故意被前后左右的树撞到，显出在逼仄之地的笨拙，行动不再自如。蚩尤暗暗得意：就是要这样！他引着天帝往断崖处去。天帝借着"行动不便"，故意边打边顶着蚩尤先一脚往前。

蚩尤知道断崖的确切地点，脚下也没犹豫。天帝于是判断地上没有大坑。双方又打了多个回合，蚩尤渐渐变换方向，想转到天帝的侧面或后面。天帝从容应对。当看到蚩尤露出一丝焦躁，天帝果断拔起身边杂草树木，接二连三地抛打蚩尤。蚩尤防备不及，脸上的草还没甩掉，头上身上又接连被砸，还被地上杂乱的树干绊倒。天帝对付蚩尤的同时，迅速拨开树木杂草最浓密处，察看究竟。发现脚下就是断崖，他倒吸一口冷气。崖面像是被一刀削下去的，极其陡峭，下面深不见底，浓厚的白雾紧贴着崖壁。好你个蚩尤！天帝不断将大把杂草、树枝和树干扔向蚩尤，同时连根拔起崖边的那棵老柏树，扔下悬崖。

蚩尤拼命挥去不断飞到脸上身上的大把杂草和树枝，爬起身，狠命踢了一脚绊倒他的大树干，也不看天帝在哪儿，往前冲去，嘴里喊着："我跟你拼啦！"

蚩尤没看到天帝，却听到天帝"啊"的一声大叫。

之后，一片寂静。鸟似乎都被吓住了，不敢再叫一声。地上有树干"咕咚"滚了一下，蚩尤吃了一惊，又强装镇定，细听四周动静。之后，他小心地拨开断崖边的杂草树木，仔细查看，发现老柏树没了，只残存了断裂的根部和松懈的泥土。看来天帝失了脚，跌落时抓了一把老柏树，就跟他蚩尤当初那样。蚩尤边想边蹲下身，"看来你真够沉的！这多好，省得我再费力。"随后，拔下老柏树的一根残根，举到眼前，"老柏树呀老柏树，你救了我的命，却要了天帝的命。这就是天意！哼哼哼！"他站起身，拍拍自己瘦削的身体，似乎已感觉不到受了伤的疼痛，很是得意，"都说天帝身材魁梧，力量大，有能耐，我蚩尤不是他的对手。我不服！看看，到底谁厉害！"然后，一阵狂笑。

突然，蚩尤的后背被猛击了一巴掌，他的身体旋即向着崖下倒去。就在坠落的瞬间，一只脚被死死踩住，整个身子倒挂在了断崖口，一股子冲力将他狠狠地撞到崖壁上，紧接着是一阵眩晕。过了好一会儿，蚩尤才慢慢清醒过来，感觉血直往头上冲。随后，他明白了是怎么回事。他费力地摸一下脸，全是血，长长的尖牙已被撞断，剧烈的疼痛向他扑来。他强忍着，用力动了动脚，却被踩得更紧。

"你又偷袭！"蚩尤叫道。

"偷袭？"天帝看一眼周围，"嗯，这里可是偷袭的好地方。没想到吧？"

"要杀，就给个痛快！"蚩尤用力嚷，脑袋里涨满了血。乞求是没有用的，天帝怎会放过他蚩尤？此刻他很绝望，只想赶紧了断。

"不是我要杀你，是你的贪心杀了你自己。"天帝说。

"谁不想做天帝？我为祖辈报仇、夺回帝位有错吗？"蚩尤心中燃烧着怒火。

"你一心想着做天帝，四处起兵，搞得人心惶惶。眼下你还没做天帝呢，天下就被你祸害得不成样子！看看田野，庄稼都被踩得稀巴烂；那么多的人神鬼为你打仗；还有大片的林子被砍了做兵器，连石头都不放过……"天帝怒斥道。

"石头是我和兄弟们的饭食呀！"蚩尤大叫。

画兵神

"也是你们的兵器！"

"说到底，你就是要杀我！"

"没错！不能再留你这个祸害！"

陆吾、长乘带着小股兵马闯进了密林。天帝听到喊声，应道："我在这儿，正跟蚩尤大神聊着呢！"

蚩尤大叫："把脚松开，让我去死！"

"断崖是你找的，我怎么知道下面有什么？保不准你又活过来，再到处折腾。"

"能有什么？你自己看看，下面是万丈深渊！"

陆吾和长乘赶了过来。长乘看一眼蚩尤，将剑递给天帝。天帝弯下身，对着蚩尤，一剑封喉。蚩尤都没来得及哼一声。天帝松了脚，蚩尤重重地跌落下去。望着蚩尤坠入白雾里，天帝沉默许久，然后，深深地叹了一口气。

过了好一会儿，天帝问："把蚩尤的兵马都打垮了？"

陆吾说："都打垮了。跑散了一些，还抓了不少。"又问天帝，"那些跑散了的还要不要追？抓住的怎么处置？"

"跑散了的，就随他们去吧！蚩尤死了，不会再闹腾了。抓住的，看他们自己，愿意跟着我们，就带上他们，想走的，就让他们走。"

陆吾点头说："好，知道了。"

天帝准备离开密林，挪动身体时，脚下趔趄了一下。

长乘赶紧扶了一把，又仔细看了看天帝的身上，叫道："天帝受伤了！"

　　天帝示意他别吱声，小声说："蚩尤可不是一般的对手，受点伤是难免的。"

　　长乘点点头，说："那回去的路上先采些草药敷上？"

　　"好吧。"天帝答应。然后一起出了密林。

　　駮、领胡、赤原、龙身鸟头神、其他山神、精怪和山民们正抛着各式花草，欢呼胜利。看到天帝，他们呼啦一下都围了上来，兴奋地高喊："天帝，我们胜利啦！"数斯等更是在大伙儿的头顶上飞来飞去，还不时地跳到大家的身上和脑袋上兴奋地嘬一下。

　　天帝问："应龙呢？"

　　大家安静了下来。

　　人面鸮说："一时风雨大作，大家都被冲散了……"胜遇也在一旁点头。

　　天帝沉默了一会儿，又问："那穷在哪儿？怎么没见他？"

　　"我们看到那穷时，他正和青女在天上。后来就不知道了。"陆吾说。

　　天帝自言自语的："青女估计回穹宇了，那穷是怎么回事？"又说，"去找，要尽力找，把失散的都给我找回来！"

　　长乘听后，即刻交代赤原，要他多派些得力的部下去找应龙、那穷和其他失散的人马。

　　天帝又吩咐："凡是还活着的都得带回去。"

通天神

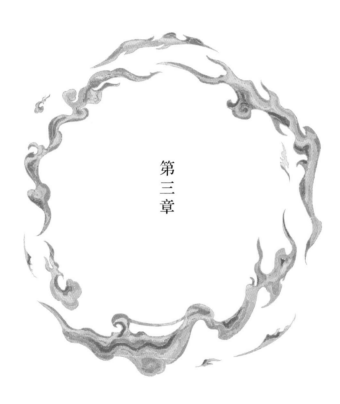

第
三
章

仗打得太艰苦，整队人马都很疲惫。天帝坐在马车上，飞蛇卷曲在车的一角。车上还躺了许多受了重伤的山神鸟兽和山民。这一路天帝和他的部队走了好些日子，才回到了昆仑山。

天帝要大家好好休息和养伤，自己也在昆仑山住了下来。

在回来的路上，长乘为天帝的伤口敷了茜草。到达昆仑山后，天帝的胸口和后背仍是疼痛不止，伤口也没有好转的迹象，还添了咳疾。

起也从穹宇赶来，和融吾他们一起商量。"灵山的神医巫抵医术高明，不如请他来看看？"起提议。

"嗯，要是神医能来，那就太好了！"融吾说。大家也都赞同。随后决定由飞蛇去灵山请神医巫抵速来问诊。

天帝自己倒不觉得什么，"打仗哪有不劳累、不受伤的？"他让大家放宽心，只管去准备庆功会。

为准备庆功会，陆吾忙得脚不沾地。起管着穹宇的事，总是来来回回地跑。陆吾就让融吾帮忙，让他将天帝在庆功会上穿的华美隆重的衣袍准备好，并管好四方送来的物品。融吾答应后，就着手去办。

天帝住在昆仑山上时，所用的各类服饰和器具都是由一个叫小头子的鹓鸟掌管的。鹓鸟是赤凤，个头比普通的鸟略大。小头子见融吾来办事，就飞到他肩上，如数家珍般一刻不停地说着天帝的服饰和喜好。小头子说的时候唾沫星子乱溅，搞得融吾的脖子直发痒。

融吾对天帝的生活了如指掌，可又不忍心打断正在兴头上的小头子，况且，他自己的思绪也老是飘忽不定。天帝与蚩尤的涿鹿之战打得极其艰苦，即便是胜利归来，他融吾还是会时常梦到战场上的那些险境。融吾虽然没上战场厮杀，但也并未远离战场，而是四处奔忙，联络照应，战场上的一切都如亲历一般。回来后的这些日子，只要看到天帝沉默不语、神情凝重，他就想，天帝或许是想起了战场上那些搏命的厮杀吧？

融吾不知不觉就和小头子来到了寝殿的存衣房。小头子在众多的衣服里挑挑拣拣，啰里啰唆讲了一大堆，最后说："要我看，天帝得置一件新袍子才行，这些都不够华美。"

融吾说："来不及了，还是从里面挑一件吧！"

小头子自然得听融吾的，只好嘀咕道："好吧，不过最好能有件新的。"

融吾想到了帝后，她怎么还没回来？打完仗后天帝也曾问过。天帝其实很惦记帝后，只是鲜少在人前提及罢了。假如帝后在，她一定会为天帝做一件最好的袍子。而眼下融吾只能吩咐小头子先挑一下，庆功会之前给他看一眼就行。小头子这方面一向做得很好。融吾交代完后，就忙别的去了。

一切都已准备妥当，庆功会即将开始。

陆吾带领各路山神、天神和精怪聚集到了宫殿前，还有参加涿鹿之战的山民们；羽毛鲜艳的凤凰和鸾鸟也纷纷飞来；连山上的怪兽鹠鸟、土蝼、耳鼠、诸犍、蝮蛇和六首蛟也都赶了来。宫殿前一派热闹。

融吾已经查看并清点好了各处送来的物品。他叫几个手下将它们整齐地摆放在桌几上。这些物品中有新收的谷物和新鲜的肉，各种用来辟晦的香料及疗伤养生的草药，许多的美玉奇珍和大多用苎麻织就的各色裙衫。

有一个桌几单独在一边立着，上面摆放着一张瑟，融吾轻轻地抚摸它。瑟是用上好的榉木斫就的，看上去朴素周正，没有多余的装饰。瑟有几十根弦，弦下有瑟柱，以五声音阶定弦。演奏时左右手配合。瑟的高音清越，低音醇厚。天帝弹奏时，琴音在擘、托、抹、挑、勾、剔、打、摘的指法中不断地流转变化，仿佛于天地间浑然而生，淳朴而悠远，震慑心魄。融吾仿佛又沉浸在音乐声中。

小头子飞过来，要融吾去另一边看看，融吾随他过去。小头子用喙指着一条白色腰带说："不知道是谁送的。离朱看见送的人什么也没说，放下东西就走了。"说完，小头子露出很懂的样子，"这腰带用的是上好的丝，又白又亮。我仔细摸过，很像桑蚕的丝。"然后歪着脑袋想了想，"我听说有用桑蚕丝织布的，就是没见过。"说着，问融吾，"你瞧，是不是很像桑蚕丝？"

融吾也觉得新奇，正要伸出手去摸，小头子惊叫："当心！别抽丝啦！这腰带可是容易摸坏的！"

融吾吓了一跳，瞪了小头子一眼，还是忍不住轻轻地摸了摸，说：

"嗯，确实很像桑蚕的丝。"

腰带看上去织得细密平滑，散发着珍珠般温润柔和的光泽，与其他衣物放在一起，显得素净和别致。小头子忍不住问："你不觉得眼熟？"

融吾仔细端详了一会儿，说："这手工的确好，不比帝后的差。"

小头子很兴奋，"你猜到了？"又忙不迭地说，"库房里有条腰带比这细，是帝后用苎麻织的，染成了姜黄色。要不拿来比对一下？"不等融吾说什么，又赶紧问："你说，这条白色腰带会不会也是帝后织的？"

小头子一连串地说完后，融吾道："有这么巧？不过你小头子这么说，也不是没有可能。"

"什么'也不是没有可能'，很可能——"又改口道："好吧，先不说这个。"小头子怕再说下去只会让融吾烦心，就住了口，不再提帝后。

融吾朝周围看了看，然后叹一口气。帝后到底去了哪里？为什么老不回来？他想了一会儿后，就不去想了，知道想这些没用。他拿起腰带，对小头子说："庆功会上也许天帝会用到它。"

小头子一听忙附和道："说的是呢！咱们这就给天帝送去？"

融吾点了点头，和小头子一块儿往寝殿去。

02

庆功会开始了。

天帝从宫殿出来，神采奕奕，步子坚定有力。他穿着天青色裾衫，系上了那条白色腰带，外面披了朱砂红色的氅衣。

众神兽和山民兴奋地欢呼起来。有的喊："终于杀了蚩尤！""我们又回来啦！"

一旁的小头子则喊："天帝的腰带真好看！"听到他喊声的都忍不住笑了。

融吾想起给天帝送腰带时的情景。当天帝看到它后，露出了一丝惊喜，问是谁送的？融吾就让小头子把知道的说了一下。天帝"哦"了一声，没提起帝后，只是细细瞧着，连说不错。之后，就转到别的话题上，天帝说："怎么不见青女？快去穹宇找她。能打败蚩尤，多亏了她破了风伯和雨师的风雨阵，要不然现在还不知会是什么样！"融吾说："青女还没有回穹宇。"又补充道："我问了穹宇的上上下下，都说没见到她。""哦？为什么不早说？"天帝埋怨。"大家都以为天帝知道呢，就没提。"说完，融吾又问："要不要再派些手下去找？"天帝想了想，说："不用了。"又顺着自己的思绪往下说，"原来青女还有这等本事！在槐江山遇到她的时候，她倒是说过，自己到了哪儿，哪儿就干旱。她说这些都是听别人讲的，自己并不清楚，还被关进了山洞。我当时听了也没在意。"融吾感叹道："是呀，这次多亏了青女及时赶到！"沉默片刻，天帝问："那穷和应龙还没有下落？""是，还在找。"融吾说。天帝咳了几声，没再说下去。融吾感觉到，虽说胜利了，天帝的心里还是被一些东西积压着，一时半会儿很难排解。

庆功会上，天帝情绪高昂，激动地大声说："终于除掉了蚩尤这个

追天神

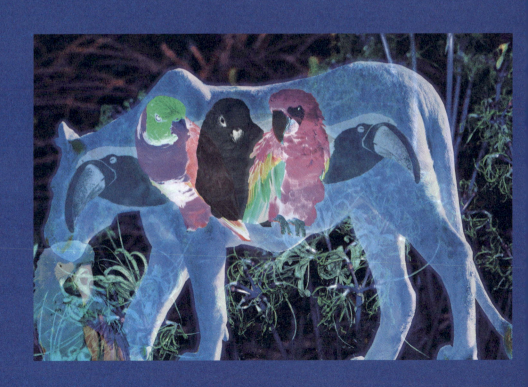

大祸患，我们胜利啦！"同时有力地挥动一下手臂，宽大的袖子随着飘荡。

"胜利啦！胜利啦！我们胜利啦！"所有的山民、神兽都兴奋地高呼，并跳起了欢乐舞。他们随着唱出的音乐，脚下踏出响声，又将各种香草制成的头绳、腰饰和鞭子或挥动或抽向地面，踏地声和抽地声交替响起，动作整齐划一。整个场面蔚为壮观，气势宏大。

舞毕，天帝将各处送来的物品分给大家，并命人抬来一坛又一坛的酒，还摆出很多的肉和谷物。大家快活极了，你争我抢，尽情地饮酒，啖食。酒、谷物和肉的香味迅速四散开去。天帝让离朱也来一起享用，离朱取了酒和食物，又很快回到树上，一只脑袋喝酒，一只脑袋吃肉，另一只脑袋负责查看四周动静。

庆功会一直持续着。

昆仑山四周有火山环绕着，火山上长着许多燃烧的树，这些树不分昼夜地燃烧，火光熊熊，不仅将昆仑山映照得明艳光亮，也将天上的穹宇映射得富丽堂皇、光彩夺目。它们永远燃烧不尽，就算遭受狂风暴雨，也不会熄灭。

火光中欢庆的场面格外热闹。大家一碗接一碗地喝。駮酒量大，喝了好多，还跟没怎么喝似的。陆吾和长乘喝得不太多。领胡有些醉了，摇晃着身子唱了起来："嗨！管它白天黑夜！管它狂风暴雨！看那，燃烧的昆仑山多威武！"

只有小头子没有听到领胡的歌声。他才喝了两口就醉得趴下了，被融吾小心地托到了桌几上，很快便鼾声四起。

大家则忙着喝酒吃肉吃谷物。

天帝拿出了视肉。视肉是一种很奇特的东西，没有四肢和骨架，看着有点像牛肝，中间长了一对小眼睛，它的肉被吃掉多少，又会长出多少来，不管怎么吃，都还跟原来的一样。大家都说视肉好吃，但平时很少吃得到。视肉被端上来后，大家很兴奋，你一块，我一块的，吃得非常过瘾。

天帝也喝了好多酒，但是酒量奇大，怎么喝都不会醉。他让长乘拿来了剑。天帝手握剑柄，飞快地将剑拔出剑鞘，火光像烧红的磨刀石，"嗤啦"一下将剑"磨"得更加闪亮锋利。天帝抚剑，眼里闪着红光。随后，用力将剑甩出很远，端起酒，一口喝下，大笑不止。突然，他停住笑，用低沉而平缓的语气说了句"终于杀了蚩尤"，就"咚"地坐下，喝酒。谁都感觉到了地重重地震了震，身子轻的还被弹起来一下。大家都不说话，望着天帝。跟随天帝一路征战，自然最清楚蚩尤是如何被打败的。有谁抽噎了一下。还是没有谁吭声。大家一碗接一碗地喝。

"取瑟来！"天帝又是一碗下肚。

融吾将瑟递与天帝。

此刻，分外寂静，仿佛这里所有的早已散尽，一片空旷。琴声似轻烟悠然而起，伴着静夜的微风不住萦绕。随着一阵勾、托、抹、挑，曲调由慢到快，节奏逐渐加强，琴声则从古朴清幽变得浑厚浓烈。天帝娴熟地按揉，渐渐快速点按，扫弦，琴声激荡流转，直击心灵。随后，又

追天神

转而舒缓绵延，更添苍凉旷远之气。大家唏嘘不已，战争的残酷和悲壮又历历在目，天帝也沉浸其中。火光在天帝的身上、脸庞不停地闪动，他的心更是难以平静。最后，天帝弹奏了一小段泛音，琴声更加轻柔、深邃和悠长，直至随风而去……

不知不觉，天已大亮。

小头子醒来后，听大家说了好多他睡着后的事情，尤其听说天帝拿出了视肉给大家吃，很恼火，怪融吾没叫醒他。融吾见小头子不高兴，就说，你都醉成那样，怎么叫得醒？小头子想想也是，只好作罢。

小头子后来还是暗自懊恼了很多天，不光是因为没吃成视肉，自己竟连天帝亲手弹奏的美妙的曲子也给错过了。

第三章

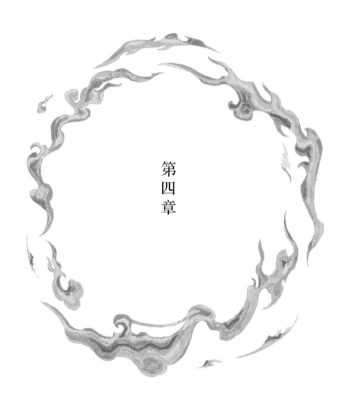

第四章

01

　　穹宇的周围总是云雾缭绕，无论从哪里都很难看得到它的全貌。而到了穹宇上，会感觉云是清透的，还有着触摸不到的柔软，当朗朗清风吹过，云跟着去了，很快又会回来，就算淡得像薄纱，也不会全散尽。比起下界，穹宇似乎更舒适，更便于养伤，而且穹宇在天上，会少很多打扰，更加清静。庆功会结束不久天帝就回到了穹宇。

　　原以为天帝静养一番后伤就会好，况且他以前也受过伤，大多是敷些药、再休养一阵子就没事了。可是不知为何，穹宇四周的云越积越厚，连一丝风都没有，这可是从来没有过的。云散不开去，便无孔不入地占据了穹宇的里里外外，使得大家不管是走动还是躺下，很容易就被云"吞没"，或者只看得到部分躯体各自移动，整个穹宇如同虚幻之地。

　　穹宇变得异常潮湿和闷热，身处其中，光是那种黏腻感就已经令人感到难以忍受，况且天帝还有伤，胸背疼痛自不必说，咳疾也加重了，每咳一次，就忍不住捂住胸口，尽力不将痛苦流露出来，头更是昏昏沉沉，每日的吃饭睡觉变得越来越困难，心情自然也是越发烦躁。穹宇的医师每天都为天帝熬药敷药，而天帝的伤不但没见好转，还加重了，伤口开始化脓。

起和融吾很焦急，问医师："天帝的伤还需多久才能好转？"

"伤口有些耽搁了，穷宇又这般潮湿，"医师说的时候，面露难色，"恐怕还得再治一些日子。"

起叹了口气，连忙派人去打听神医多久能到，然后和融吾去见天帝。他俩想劝说天帝还是挪去昆仑山，至少那周围的大火日夜燃烧，比穷宇干燥。

天帝笑了笑，"这点伤算什么！不过，去昆仑山也好。就照你们说的办吧！"心想，除掉了蚩尤，天下暂且太平，何不趁此把伤养好？伤口不好，不还得老想起蚩尤！天帝随口骂了一句。等伤好了，要去槐江山走走，这有多久没去了？对了，去不去诸毗山？他又想，感觉伤口隐隐作痛。

交代完一些事后，天帝就和起、长乘还有融吾他们去了下界，在昆仑山的宫殿住下。

昆仑山周围的大火熊熊燃烧。天帝从宫殿望出去，火虽然离得很远，但只要看到它，就觉得周身爽快，似乎伤也好了一些，于是对起说："不用请神医了。"

起仍是多番劝说，并盼着神医尽快赶到。

天帝不悦，又叫来陆吾和融吾，说了同样的话。陆吾轻声清了下喉咙，说："神医好不容易来一趟，只当是请他为天帝做些调养。"

融吾连忙附和："是啊，以后不留病根。"又补一句，"估计神医也快到了。"

长乘正好在，听了陆吾和融吾的话，看一眼天帝，忍不住上前一步，说："天帝向来强健，但是涿鹿大战打得艰苦，耗费了不少体力和精力，请神医看一看放心。"

天帝挡不住大家的轮番劝说，只得说："那就看看吧。"

这天一大早，离朱发现有人从远处往这边来，马上就让正飞过来的数斯去报告陆吾。

来的是神医巫抵。他双脚离地而行，大步流星，十分稳健，一派仙风道骨。他头上束着发，身上的裙衫是青灰色的，肩上背着褡裢，褡裢里插着大把蓍草，蓍草露出了一截，它顶部的白毛随风摆动。

巫抵一到，顾不上多说什么，就赶紧去天帝寝宫问诊。

巫抵朝天帝施礼后，先为天帝把脉，又看了舌苔，随后仔细查看了伤口，说："伤口已经发炎。"看到大家担忧的神情，又说，"还好，没伤到筋骨，这真是万幸。天帝为战事奔波，伤口自然耽搁了些时日，敷些药，再耐心调养就会好的。不过，得先容我为天帝清理一下伤口。"

天帝说："以前受点伤，养一下也就好了。这次不同，蚩尤不好打，伤得重些。这个蚩尤，死了也不让我省心。"又对着巫抵，"好了，神医动手吧！"语气很平稳。

陆吾、起和融吾相互看一眼，朝巫抵点了下头。

巫抵从褡裢里取出布包打开，露出针具和刀具，又摸出一只黑色小陶罐放于几上。

他拿起针具，在天帝的内关等穴位点压施灸，说这能缓解一些不适。然后说："请取火来。"

融吾接了仆从拿来的火，递给巫抵。大家凝神静气。

巫抵将刀具于火上炙烤片刻后，再用刀具将发炎的脓包和腐肉去除干净，动作娴熟利落。

天帝背过脸，身子不时抽搐一下。大家也像是感觉到了疼痛一般身体跟着颤动一下。

巫抵拿起小陶罐，揪下塞头，手指轻点陶身，将里面的粉末均匀细致地撒在伤口上，说："这用的是田七。"随后为天帝包扎好。"过些日子，伤口就会长好的。"

大家听后都松了一口气。

巫抵又说："天帝的伤拖了些时日，还需静心调养。我再抓些药熬汤，天帝喝了能好得快些。"

融吾忙问："请教神医，那还需多久？"

巫抵道："这要看情形。得过一阵子吧！天帝常年监管天下，还要应对各方战事，虽然一向身体强健，非谁可比，但是毕竟神劳体亏，又有伤痛在身，得分轻重缓急，逐步调治。先喝几日药，再酌情调整。"

陆吾说："如此这般便好。还请神医多留些时日。"

巫抵点头说："这是一定的。"此后，每日问诊、给伤口换药。

过了一些日子，天帝的伤有了好转，脸色也红润起来。大家安心多了。

画天神

起发现，天帝打败了蚩尤回来，心情好像一直不太好。原以为是伤痛的缘故，可是，随着伤势的好转，天帝的心情并没有跟着好起来，这是为什么？按说杀了蚩尤，除却心头大患，而且伤也好了许多，天帝应该高兴才是。天帝自己似乎是不想被看破，尽力克制着。起自然不便问。每到夜晚，天帝都很难入睡，山周围的大火将夜照得亮堂堂的，更加重了他的失眠。起在寝宫的窗户上罩了好几层深色的帘子，也不管用。他去找陆吾，陆吾整天忙着打理各处的事情，一时也想不出办法。起又与长乘、融吾商量，想了一些法子，好像也没什么用。天帝闷在心里，大家又能怎样？起很担忧，并将这告诉了巫抵。

巫抵听了后，说："我调整一下药。"就在原先的药里去掉少许，又添了一点合欢皮、夜交藤和柏子。

巫抵每日进殿问诊，酌情变化药方。

天帝知道大家都在担心他，自己也想能睡得着，便坚持按时服药。过了些日子，天帝的睡眠似乎有了一点好转，至少每天能睡着一会儿了。不过他也清楚，睡不睡得好不是光靠喝药就能解决的。巫抵尽了力，不然自己还会整宿地睡不着，那别提有多难受了。过去总是忙忙碌碌，还要四处打杀、平定叛乱，也没有睡不着，现在怎么了？是养病太闲了吧？这么一想，天帝觉得舒坦了些，他不愿老是去想为什么睡不好。

夜晚，昆虫鸟兽都钻进了暗处，山上安静下来。天帝还没有睡意。他脑海里浮现出好多画面，时而清晰，时而模糊，还伴随着各种说话声、叫喊声及搏斗声，忽高忽低，混杂成一片，难以分辨。这些画面和杂声扰得天帝不得安宁。要是能踏踏实实睡它一个安稳觉多好？他忍不住想，情绪也随之低落。

起、陆吾、融吾和长乘轮番进殿劝他躺下，他则烦躁地对着他们："睡不着！别来烦我！"大家便不敢再吱声，悄悄退下。空旷的宫殿显得更加寂静，天帝听着自己的呼吸声，直到过了很久，才会渐渐有些睡意。

起也时常睡不好。天刚蒙蒙亮他就醒了，起身往天帝那边去。在天帝寝室外，透过入口处的缝隙，起看见天帝躺着，像是睡着了。他舒了一口气，正欲离开，里面却传来天帝的声音："瑶荀，瑶荀，快来阿父这儿！你娘也不知去哪儿了，连个音讯都没有。"起站住发愣。"迟由啊，你就是耍嘴皮子！找不到真珠也罢了，怎么连自己都丢了？"又喊："还有你，长丘！整天粗心大意的，找不着路了？还不回来！"又带着一丝哭腔骂道，"真死了？也不说一声。"然后是低低的抽泣声。"那穷，你也不知道回来。都跑了……"

天帝的声音时高时低，含混不清。起听了抬臂拭泪。

"哎！"身后传来一声叹气，是巫抵。他说："天帝睡着了。"

起点点头，"嗯，睡着没多久吧。"就和巫抵走到别处。他问："神医还有没有别的办法？"

"药量已经加了。"巫抵说，"我再换些药。"然后，考虑了一会儿，"天帝的伤已经好得差不多，出去散散心，药效会更好。"

起听了连忙点头，"正是呢！天帝是该出去散散心了。"他想起天帝以前可是常去槐江山的。然而，在打完蚩尤回来、养伤的这些日子里，竟一次也没听天帝提起过要去那里，这是为何？起找来融吾和长乘，想问问他俩是怎么想的。

起说："神医说天帝的伤大致好了，可以出去走走。不如我们陪天帝去槐江山吧？天帝的心情好了，回来也能睡得安稳些。"

"嗯，我看行。"长乘点头。

巫抵没说什么，在一旁听着。

"去槐江山当然好，"融吾想起了什么，"对了，攻打蚩尤前，天帝曾命我去诸毗山找槐鬼离仑，天帝要我告诉他，第二天要去他那里。"沉吟了片刻后，又说，"天帝会不会更想去诸毗山？"

起也想起来了，"嗯，好像是有这回事。不过，天帝一向不怎么提离仑，以前也没见他去过。"然后，像是在自言自语："去诸毗山找离仑……"

融吾又说："蚩尤一闹事，这事就耽搁了，没再提。"

"诸毗山上有不少游魂。"巫抵开口道。

"最好别去。"长乘阻止说。

"天帝或许是有什么事？"融吾说。

"是啊！"起叹了口气，"刚才我去天帝那儿，听到他在说梦话。天帝唤了几声瑶荀，还提到了帝后、那穷。"

融吾感叹道："哎！天帝心事重啊！去离仑那儿，是想问一些什么吧？"

起点了点头，"可是，天帝一直也没有提起。"

"还是去槐江山好。"长乘说。

融吾却说："就怕提了槐江山，天帝又想起去诸毗山的事。"

起凑近一些说："天帝在梦里还提到了迟由和长丘。没想到吧？"接着又埋怨起来："天帝派他俩去找丢失的真珠，可他们倒好，把自己也给丢了！到现在连个影子都没有，还让天帝惦记。"

"就是。"长乘说："不知道是怎么回事。按说早该回来了。"

融吾道："要是有迟由和长丘在，天帝的心情会好很多，平日里就数他俩能说，还老爱吵来吵去，倒也有趣。"

118

"是啊，这俩又不回来……"起只好叹气，"天帝心里装了太多的事，又没法说出来，自然烦心。"

巫抵听了他们的话，说道："依我看，天帝自己没说想去哪儿走走，就是还不想去，或者还没有定下来，不如等他提了再说。这段时间就先在昆仑山宫殿附近散散心吧！"

长乘很赞成，"神医说得对，我们没必要想太多。"

"虽说是这样，就怕天帝突然说要去诸毗山，我们又拦不住。去那儿，最好还是过一阵子。"起的话里透着担忧。

大家沉默了许久，融吾突然说："哎！我们几个说得再多也没用。不如请神医占筮，尊天意如何？"

起想了一下，很快说："嗯，我赞同！说不定天帝也会觉得轻松些。"

巫抵点了点头。

长乘也没意见。但他说："那占筮的事谁去跟天帝说？天帝都烦死我们几个了，估计不等开口就会被撵出来。"

被长乘这一说，大家都忍不住想笑。

"是啊，谁去说好呢？"起嘟哝。

大家你看我，我看你的。

长乘急了，"得赶紧定呀！"

"让小头子去。"融吾说。

大家先是一愣，然后又都觉得小头子合适。

融吾马上找到小头子，把商量的事跟小头子说了。最后他说："小头子，就看你的了！"

小头子立在融吾肩上，对着融吾的半张脸，骄傲地说："好，我试试！"

小头子即刻去了存衣房，取出天帝的白色裾衫，又挑了灰色交领大袖衫。大袖衫是帝后亲手做的，袖口和领口处压了再深一点的灰色宽边。小头子很认真地想了想，又加上了庆功会上那条天帝用过的白色腰带。他命仆从捧着衣服，一起来到寝宫前。

起正从殿内出来，看到小头子，就对着一旁盘踞在石柱上、负责守卫的龙身鸟头神说："去报告吧，小头子送衣服来了。"

龙身鸟头神报告后，传小头子进殿。

小头子吩咐仆从将衣服放到自己的背上，亲自驮了进去。小头子耐压，力气也大。进到殿内，他大声喊："天帝，小头子送衣服来啦！"不管小头子说话多么用力，他的声音听着都是轻柔的。

天帝刚睡醒，精神很好，看着衣服自己长了"脚"，直往他这边"走"，不禁好笑，他对着衣服说："小头子，你又要耍什么花招？"天帝就知道，每次小头子亲自驮了衣服进来，总是有什么事情要说。小头子管着存衣房，每天都来送衣服，那衣服都是由仆从捧着，他自己则站在仆从的肩膀上。

小头子到了天帝跟前，从衣服底下钻出来，"天帝啊，小头子哪敢耍什么花招呀！刚才听总管大神说，天帝睡得好，小头子高兴，特地取来了这条白色腰带。今天天气晴，山上的花又开了好多，小头子想着天帝也许会出去走走。"

"哦，出去走走还得系上这条腰带？"

"天帝系上它，别提有多精神！庆功会上小头子的眼睛都差点被它晃瞎呢！"

"这么厉害？"天帝笑了。透过窗口，他看到起、长乘、融吾和不少神兽仆从在外面来来去去的，就问："他们都在忙什么？"

"大概是瞧着天气好，先准备着点儿。天帝也许有什么事要办，或是去哪儿走走？"小头子边说边衔起衣领给天帝披上，又逐一将袖子悬空衔起，方便天帝穿着。小头子动作熟练，好像天帝每时每刻都是由他在照顾的。

天气是不错，出去走走当然好，是就在昆仑山转转？还是去……天帝在心里想，脸上没有丝毫流露。停顿片刻，他嘴角微微扬了一下，说："嗯，倒是有个事。"

"天帝是要举行祈愿风调雨顺、四方安泰的大会？"小头子问。

"还没到时候。"

"那就是祭祀？"

天帝又微微摇了摇头。

"我猜，是占筮。"

"哦？为什么是占筮？"

"天帝总是忙着巡查四方，或者去各处平定叛乱，整天吃不好，睡不好的，烦心的事情太多。占筮后，很多事都会越来越顺的。"

"嗯，占筮，顺天意。我也省省力。"天帝说。

"占筮很灵验的，一定跟天帝想的一样。"小头子嘴很快。

"大胆！还没占筮，就知道跟我想的一样？"天帝故意提高嗓门，吓唬小头子。

小头子果真吓了一大跳，结巴着说："小、小、小头子不敢乱说。"

天帝看小头子吓得不轻，就叫他过来。小头子飞到了天帝的大手掌上。

天帝将手掌举到面前，盯着小头子，"说吧，把你脑袋里想的都说出来。"

小头子怯生生地望着天帝，身体微微发抖。不过看到天帝表情并不严厉，他偷偷松了口气，心想，还好天帝没有太生气。就大着胆子说："小头子能想出什么来！刚才神医说，天帝的伤已经无碍。大家都觉得这么好的天，天帝很可能想出去走走，不过，天帝想去的地方或许不止一个。"

"哦，是吗？"天帝不露声色。

"天帝有很多大事，小头子不懂。小头子能想到的是，占筮后，天帝的心意一定是合上天意的。"看天帝没有要生气的样子，又说："反正小头子和大家一样，不管天帝上哪儿走走，都是好的。"

天帝"嗯"了一下，又看一眼窗外，然后说："这占筮，不只是你小头子自个儿猜出来的吧？"小头子支支吾吾的，不敢再说。天帝又道："好吧！既然已经猜到我要占筮，那就先准备着，等我的决定。"

小头子听了赶忙答应。随后，就往殿外飞去。

天帝望着小头子的背影，心里起伏不定。槐江山山清水秀，繁花似锦，去那里走走，放松心情，或许还能冲淡记忆里战争的残酷，况且，那里有帝女桑。天帝时常想：帝女桑是明白他的，就是他不说话，只是坐着，它也知道他在想什么。当然，若是帝女桑能再开口跟他说上几句，那就更好了。真想看一眼瑶茼啊！但这，应该是不可能的了。天帝在心里喊着小女的名字。他好想去槐江山。然而，去得再多，也见不到瑶茼和其他思念的人。每次去了回来，心里总还是有些空落落的。每逢要去槐江山，就会冒出去诸毗山的念头，这念头常使他生出难以言状的

追天神

痛苦。到底该不该去……都说离仑管着不少离世者的魂魄，去了诸毗山能找得到瑶荀和其他的人？涿鹿大战后，伤好得差不多了，却从没提起过去诸毗山的事，是怕从离仑那儿听到不想听到的？在梦里可是常常会问他有关瑶荀和其他人的事，而离仑从来也没给出过满意的答复。据说逝者的魂魄要过很久才可托生，或为草，或为兽，或为人，再成年累月历经风霜雪雨，终成精怪、山神，甚至天神。很久是多久？天帝觉得自己已经活了很久，但他还是要活下去，或许有一天就能见到瑶荀。蚩尤的脸在眼前晃了一下，天帝皱了皱眉。接着，很多征战的场面频频闪现在眼前。他叹一口气，在心里说，自己是天帝，天下的事就是自己的事，哪里起祸乱，就得去哪里平定。这时，天帝胸前刚痊愈不久的伤口刺痛了一下。之后，他又忍不住感慨，这么多年，咬牙坚持着过来，谁又能真正了解？好不容易打完了蚩尤，还是整日烦心，连要不要出去、该去哪儿都没个结果。他深吸一口气，让心情平复一下。不能再这么下去，他想，占筮吧，顺天意。他神情自若，心意已决，正欲起身，又报小头子求见。

小头子进来就说：“占筮的事都准备好了，就等着天帝发话呢！”

“就现在。”说罢，天帝起身往外去。

03

殿外，阳光正浓，山周围的火势依然猛烈，天帝的内心阵阵发热。

帝女桑又开满了花？青女会不会就是长大了的瑶苟？青女呢，怎么不见回来？他又想到瑶媓，连个音讯也没有，她到底在哪儿？还有那穷，究竟怎么了？迟由和长丘，至今都无影无踪的……天帝的心里有着太多的牵挂。

小头子向起报告了天帝占筮的决定。起马上吩咐融吾去迎一下巫抵，自己则和长乘随天帝往东面的偏殿去。

小头子栖息在殿外的檐上，不一会儿看见融吾和巫抵也在往偏殿去。巫抵的脚下是腾空的，背上背着蓍草，再定睛看，巫抵的头上方有一片透明发光的祥云，脚下隐隐约约映着神龟。小头子惊奇地张大了嘴。随后，忍不住飞过去，落到了融吾肩上。他好奇地问巫抵："神医，你背着的就是占筮用的蓍草？"

巫抵笑着点一下头。

小头子又盯着蓍草看，大声说："这蓍草好长，我还没见过有比它更长的草！"又凑过去拨弄几下，"哎？中间是空的，杆子上还有节呢！真是神草啊！怪不得要用它来占筮。"

"是啊！"巫抵顺手从后背取下所有的蓍草。

小头子数着巫抵手里的蓍草，很快就数不过来了，就问："神医，这里有多少根啊？"

"好几十根呢！"

"哦！"小头子夸张地点了点头。

"好啦，小头子，神医要去占筮了。"

画天神

小头子听后，便从融吾的肩上离开。

融吾和巫抵进到殿内。

偏殿并不大，陈设简单，只放了木几和蒲团，一派素净。唯一的点缀是墙角的那只陶土罐，插着几根枯树枝，有拙朴苍劲之韵。

木几上放了书写用具，还有香炉。香炉里散出淡淡的兰草味。巫抵跪坐于木几前，仔细地将蓍草摆放于木几上。

天帝向东而坐，起、陆吾和融吾等坐于天帝身后，全都素服。仆从端上清水，全员依次盥手。随后，致敬默祷。

占筮开始。

巫抵拿起所有的蓍草，先取出一根放下，以此象征天地未开之前的太极。又将手中的蓍草随意分成两份，分别握于两手，象征天和地。再任意抽出一根，用以象征人。然后，以四根象征四季，每四根为一组，数完左手后，再数右手，数毕，前后余下的，或组合，或去除……

占筮的时候，天帝双眼微闭，凝神静气。起、陆吾和融吾也都精神内守，恬淡超然。偏殿内只听得到摆弄蓍草的声音。

时间不知不觉地过去，巫抵得出了卦符的初爻。接着，他又以同样的方法再做几次，得到了其他的爻。占筮有了结果。巫抵说："卦有了，是需卦。"并画出需卦的卦符，奉与天帝。

天帝接过后说："请神医解卦。"

"是。"巫抵解道："需卦的上卦代表水，下卦代表天。水在天之上方，显示云积而一时降不下雨来。卦名的意思是解决需求之意。"停顿一下，接着解道："坚守诚信、纯正，就会光明通达、预示着吉利，就能把事情做好。"又补充一句，"需卦是利于行动的。"

天帝点了点头，然后细细思索。

巫抵接着说："需卦的爻辞亦是细致分明，或可详解天帝所思。巫抵所述只可至此。"随后，将爻辞的内容尽数道与天帝，不再解意。

天帝听完后，点了点头，对陆吾说："送神医歇息。"

陆吾送巫抵出殿。

起问："天帝是否也静歇片刻？"

天帝正想安静自处，就去了寝殿。还叮嘱起，没事不要打扰。

小头子一直等在殿外，见融吾出来，就落到他头上问："占筮怎么样了？"

融吾随口道："说了你也不懂。"

小头子生气了，脚爪在融吾的头上使劲踩，还不住地嚷："谁不懂！你快说，快说！"

融吾头顶一阵奇痒，只好将占筮的经过大致说了。

小头子还是不满意，追着问："天帝听后有主意了？"

"小头子，你好大的胆！这是你该问的？"融吾虎起脸。

小头子很光火，叫道："那占筮的事情为何要我去说？哼！"然后飞走了。

融吾心里烦躁，吃不准占筮的结果是否能解天帝连日来的忧思。他觉得对不住小头子。

天帝独自待着，谁都不见，连仆从也不让进，自然也没有谁敢去打扰他。夜里，天帝睡没睡，睡着了没有？谁也不知道。

天帝想了很多，也想了很久。从巫抵解出的需卦中，天帝知晓了天意，对于要做的事情不仅了然于心，而且内心更加平静而坚定。有什么可担心的？他想，该面对的就面对吧！至于结果怎样，是否如愿，则不必强求。他长舒一口气。是天意，自有它的道理，怎能分好和坏呢？天帝又逐一思索了不同的爻辞，无一不是提示说，要走出眼前的困境，顺畅地去解决所忧之事。他的内心清晰明朗起来，甚至有了些许轻松的感觉，一整夜都睡得很好。

第二天，大家见天帝的气色和精神都不错，松了一口气。原以为天帝会很快出行，大家便抓紧做好准备。可是天帝似乎忘了一般，只做些日常活动。

初爻的爻辞提示说：还处在郊外，守常为宜。天帝觉得这是提醒自己要稳妥，安定，勿急躁。他又用了些时间，把内心最真切的想法再捋了一遍，觉得是时候了，才说要去诸毗山。

起听了后欲言又止。融吾没说什么，天帝占筮后要去诸毗山，应该是合了天意吧，他想。

天帝已在心里做好了准备，自己思念的人的下落如何，以及自己的愿望能否实现，到时离仑说的所有一切，都要坦然接受；至于仇人，离仑有办法让自己忘记自然好，如果不能也不强求，但还是希望能将蚩尤从脑海里抹去。涿鹿之战已结束，蚩尤却仍在他天帝的脑子里喋喋不休、吵个没完，还不停地要跟他天帝交手。什么时候是个头？大大小小的仗打了无数，谁想打呢？然而，仗是说不打就能不打的？作为天帝，蚩尤起兵造反，祸及天下，不把他杀了，难道等着他来杀自己？天帝的眼前又闪过被暴风雨围困的场面，要不是青女及时出手，现在的天下恐怕一片大乱，自己或许已经……天帝的脊背一阵发凉，不想再往下想。涿鹿大战的艰险，超出了想象。天帝心生感慨，难以平静。但是，想到要去诸毗山，他很快将心情平复下来，并暗暗庆幸，总算打败了蚩尤，天下暂获太平。

巫抵前来请脉。请完脉后，说："天帝脉象平稳有力，气色也好。"

"嗯。"天帝神情淡定。

起告诉巫抵，天帝决定去诸毗山走走。随后朝殿外看了看，说："近来天气晴，诸毗山上的花应该开得也很好，天帝去那儿走走，回来会睡得更香。"

巫抵说："这样再好不过。都说诸毗山美，而且还很特别。据说槐鬼离仑在那儿过得很自在，是个仙人。"说着，他朝向北面的槐江山，"这么看过去，看到的总是槐江山。槐江山是天帝的园圃，终年草木葱茏，花开不败，自然是天帝常去散心的地方。而诸毗山就在槐江山的后面，两座山是紧挨着的。如今，改换一下，去那里走走，也别有意趣啊！"

天帝点了点头，对着起和融吾说："神医说得没错，去准备吧！"

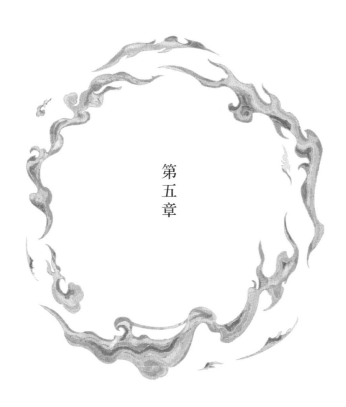

第
五
章

远远望去，整座诸毗山被花草树木覆盖着，与其他山相比并没有明显的不同，尤其是在阴天。走上山后，却会很快感觉到和这里是有隔阂的。这种感觉说不清，也道不明，但又无时无刻不被它缠绕，提示这里是个不寻常的地方。明明是晴天，快到正午了，阳光却没有常见的那般耀眼，花草树木是多彩的，可并不鲜艳，一切都是淡淡的，像被谁用了些许阴天的灰色偷偷地抹了一把。一些鹞鹰贴着山坡缓慢地飞行。山上鸟兽不多，显得空寂。偶尔的，看到一头彘，长着牛的尾巴，样子像老虎，当天帝、融吾等离它近了一些，它便叫起来，那叫声听着有些弱，少了别的山上彘的凶狠劲。时而也有鸟的叫声，听上去没有争先恐后的脆亮及此起彼伏，而是婉转柔媚、轻声轻气的。屏息静气，还能听到其他一些零星的叫声，大都离得远，原本又不够响亮，渐渐地就泯灭在了山林里。山上还人烟稀少，一路也没遇见什么人家。诸毗山与槐江山毗邻，却又大不相同，走在上面，不会特别的欢快和兴奋，但能沉静淡然。

天帝的步子不疾不徐，稳健有力，他偶尔望一眼花草树木，大都觉得熟悉。他没有停歇，直往山顶去。随行的很少，只有融吾、长乘和几个侍卫。大家不怎么说话，只是安静地走着。

凉风拂面，时而送来不同的花香。天帝闻到了芎藭的芳香，惊奇它少了原有的浓郁扑鼻，而有了别样的清新淡雅。天帝一路捕捉着芎藭的香气，走了很远，它还丝丝缕缕的没有断去。天帝的神情舒展而恬淡。

融吾边走边想，天帝来这里找离仑，可不是为了散心。占筮助天帝下决心踏上了诸毗山，离仑是仙人，而仙人自有他的法力吧？但愿天帝能解除困惑，达成心愿。然而，世上的一切真的都能随心顺畅？他扫一眼山上，又想，离仑早就知道天帝会来，应该一直在山顶等候。越是快要到达山顶，融吾的心里越是紧张起来，离仑会对天帝说些什么呢？天帝的心结究竟是能解？还是难消？有些事是命中注定的吧？不管怎样，融吾都相信天帝是能够承受一切的。一路上，融吾都沉浸在自己的思绪中。

山顶到了。

放眼看，这里十分开阔，不像在远处或山脚看到的那样。最诧异的是，太阳正当午，这里没有高大的树木遮挡，而低矮的草丛上竟然有着一大片阴影，好像这片平坦的开阔地是被无形的刀割成了阴阳两地，它们紧密相连，又互为映衬，宣示着彼此的存在。这里的阳地花草依旧繁盛，原本色彩浓烈的花朵，因褪去了一些鲜艳，显得朴素和雅致了；绿草也不再是鲜明的浓绿，而是化为淡淡的香草绿，流露出安静的气息。阴地或许是少了光照，花草显得更加素淡而纯粹，颜色几乎为黑白灰，却自有遗世独立的气韵。

融吾来过这里，并不惊讶。天帝往阴地方向去，融吾将长乘和其他侍卫挡住，和他们一起停留在较远处。天帝离近后停下。

远处的林子里出来一位长者，融吾认出是离仑。离仑着宽大白色裙衫，鹤发美髯临风飘拂，仙气逼人。他飘飘然虚步而至，停在了阴地的边界。

离仑向天帝致拱手礼："离仑拜见天帝。"

天帝道："仙人免礼。"

长乘欲往前一探究竟，融吾拉住他，说："他是槐鬼离仑，天帝就是来找他的。"

长乘不放心，"我往前一点。"

融吾马上制止，"别太靠近，危险！阴地的力很大，会被拽过去的。"

长乘很惊讶，又看向天帝。

融吾马上说："别担心，天帝很强大，可以靠近。离仑是过不来的。"

长乘听后安心了一些，遂命其他侍卫就地歇息，自己则注意着天帝那边的动静。

天帝见了离仑，还未及细述心中思虑，离仑就微笑着说："天帝一路风尘仆仆，却无半分倦容，神色恬然自若。有如此定力，再难之事天帝也能春风化雨。"

天帝明白了，离仑不光料到他天帝会来，而且对于来的目的也是了

134

逆天神

然于心。于是说："仙人有何高见，尽可直言。"

"离仑不敢妄加揣测。"

天帝说："但说无妨。我今天来就是为了请教仙人，我那些故去的人现在都怎么样了？"说完，长长地叹了一口气，"我知道仙人这里聚集着各处的魂魄。"然后，欲言又止。过了片刻后，说，"我只是思念而已，并不想打扰他们。"

离仑沉默了一会儿，缓缓地说："正如天帝所言，我这里都只是魂魄，这些魂魄应该幻化不出前生的样子了。天帝若是仍想再见，不知神荼和郁垒那儿能不能办到。"

"问了神荼，他那儿的魂魄都是离世不久的，虽然还有些许生前的容貌，但是与在世的亲人是无法相认的。我连看一眼都不可能了，时间过去了太久。"

"哦。"离仑沉默。

"仙人，"天帝咳嗽了一声，"能听到声音也好。"

"声音？"离仑想了一下说："有是有，不过，很乱，听不清的……"

天帝眼前一亮，激动地说："不管它，我要听！"

离仑有些犹豫，但还是说："好吧。"就退后，在阴地大步流星地飘飞起来。一些叶子飞过来，在他头顶上转成了环。离仑嘴里发出"呼"的长音，很低沉，像一阵猛烈的风，有一股强大的力量，天帝都被它推了一把，身子晃了晃。

长乘大惊，要冲过去，被融吾一把拉住。融吾说："再看看。"

天帝又往后趔趄了一下，双手捂住了耳朵。

融吾也紧张起来，望着天帝，不知道发生了什么。长乘试图挣脱融吾的手臂。融吾紧紧地拽住他，快速地想着应对的办法。天帝嘱咐过他，不可贸然行动。他提醒自己沉住气。

天帝听到了一片混合着大喊、号叫、咒骂、狂笑和痛哭的杂乱之声。镇定片刻，再细听，那里面还有低叹、呓语和抽泣。

"声音太响、太多，杂乱不堪，听不出什么来的。"离仑说。

天帝不放弃，坚持听下去。终于，他在混乱喧闹中听到了一个声音，并不响亮，但很清晰："阿父，这是什么树呀？这么大！"天帝狂喜，大声喊起来："瑶茼，瑶茼！我是阿父！听到了吗？你应一声啊！"

融吾和长乘都听到了天帝的喊声，呆呆地望着，一时无语。

天帝又喊了几声，没有应答。他眼眶潮湿。过了一会儿，在乱糟糟的声音里，隐约听到两个熟悉的人的对话。

"哎！天帝派你去找真珠，你怎么在这儿睡上啦？真珠找到了没有？"

"踢我干嘛？找到啦！"

"那还不赶紧回去见天帝？"

"等等，我摸摸。哎？哪去了？"

"你又给弄丢了？真是活见鬼！"

······

天帝突然叫道："迟由，好大的胆！还有你，长丘！你俩怎么就剩

138

魂魄了？"说完，沉默片刻，哽咽着说："我让你们一前一后去找真珠，这倒好，你俩找到一处去，再也不回来了。"又难过地摇摇头，"哎，没想到你俩这般无能，还不如让别人去。"说着，长叹一口气，"可知道我过得有多糟？连个陪我说说话的人都没有。大家只会一个劲地叫我睡觉、睡觉。哎！"

迟由和长丘对天帝的话没有回应，依旧喋喋不休地拌着嘴，你来我往的，谁也不让谁。

过了一会儿，迟由和长丘的声音渐渐变弱，直到听不清楚。天帝想，他俩也和瑶荀一样听不到我的说话。天帝又凝神细听，没听到瑶媓的说话声，略微安心了些。再接着听，也没有那穷他们的声音。还好，他想，只要都还活着，总有一天会回来的。他暗暗宽慰自己。

天帝尽力平复了心情，正要开口问离仑，一个凶狠而熟悉的声音突然冒出来："哎？这不是天帝？"停一下，又说，"哼哼哼，怎么，不记得啦？"

天帝神态不变，心里一惊，蚩尤！难道他看得见我？天帝对着阴地仔细搜寻，连蚩尤的影子都没有。他怒斥道："蚩尤！你死了也不老实，还想干吗？"

蚩尤听不到天帝的声音，仍自顾自地说："我说，你做得天帝，我为什么不能？在涿鹿本来可以赢你，没想到跑出个天女……害得我只好跟你肉搏。肉搏我也不一定输！哎，就差一步，偏偏折在了你手里！"

天帝听了越发气愤，"看来你是死性不改！好吧，你有种就出来，看我怎么收拾你！你蚩尤活着的时候，四处起兵，祸患连连，别说这天下容不下你，我天帝就不容你！我倒要看看，你还能怎么折腾？给我出来！出来！"

蚩尤完全听不到，他还在自顾自地叫嚷。

他们俩都拿对方没办法。

长乘看到天帝很愤慨，顾不得再想，一个箭步飞旋过去。心急的他，一只脚跑过了头，捅进了阴地。幸好天帝眼明手快，一把抓住了他。阴地的力实在太大，连天帝都脚下不稳，但还是用力抓住不放，使劲往外拽。长乘的那只脚先是发麻，紧接着一阵抽搐，他痛苦地喊出了声。离仑见状，及时过来掀起衣摆，再挥臂一抽，长乘的脚退回到了阳地。

融吾和其他侍卫见了也往天帝那边跑，天帝大喊："别过来！"随即再往后退，将长乘推至融吾身边。

长乘缓过劲来，极力劝阻天帝别再往离仑那边去。天帝瞪了他一眼，"我有什么好害怕的！融吾，你看着他。"

天帝又走到阴地前，对着离仑，就像什么都没发生过。四周静悄悄的，连风吹的声音都没有。天帝迟疑了一下，说："我听到他们的声音了，可我看不到他们。"

离仑点头道："能听到就好啊！都是魂魄了。"

天帝说："我知道他们大都看不见我，也听不到我说话。"

离仑沉默后说："嗯，是这样。"又停顿片刻，"即使再投生后，也还会是这样。"

天帝道："请问仙人，刚才蚩尤似乎能看见我，这是怎么回事？"

离仑思索了一下，"蚩尤非一般天神，故去的时间短，他的力还未消尽吧！"

"不瞒仙人，不管我是睡着还是醒着，蚩尤老在我眼前晃，我们不停地打，怎么也打不完。"停顿了一会儿，"打完蚩尤回来，我没有一天是睡得好的。直到前些日子，我占筮之后决定来诸毗山，才算睡得安稳。"又说："既然已经杀了他，天下也恢复了太平，真不想再被打仗的事纠缠。仙人，要怎么做才能将蚩尤从脑子里抹掉？"

离仑听了缓缓地说："记忆太深的人和神，或者一些事，哪能说忘就忘？不管你想不想记住，都会长久地留在你的脑子里。"又看一眼天帝，"急不来。等时间过去得再久一点，那些想忘记的，应该是可以忘记的，蚩尤也一样。"

天帝点了点头，脸上却现出一丝茫然，说："我越是想忘了和蚩尤的大战，脑子里就越是多地出现那些战斗的场面。"

离仑沉吟片刻后说："有时候会这样。"

"真的可以忘了蚩尤？"天帝追问道。

离仑点点头，"当然。有一天没那么恨了，甚至不再恨了，就会忘记吧！以后的事就看以后了。"

天帝若有所思。然后，长长地舒了一口气。

离开的时候，离仑突然说："或许天帝对故去亲人的思念感动了天地，当他们再次投生后……"

天帝打断说："能见到他们？"

"也许吧！但不一定能认出来。"

听了这话，天帝也没有太失望。认不出来也罢，只要见到就行。或许到那个时候，相互间能感觉得到也说不定。

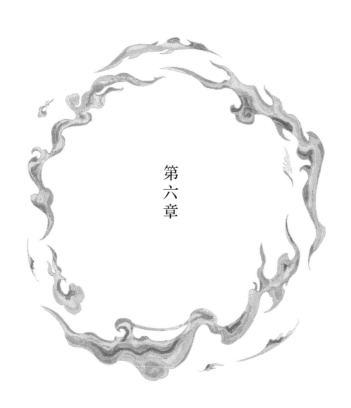

第六章

01

　　从诸毗山回来，天帝睡得越来越踏实。转眼，在昆仑山住了有一段日子。天气渐渐热起来，加上昆仑山周围的大火，还有蝉、蛙和其他的鸣虫整日唱个不停，大家都盼着早点回穹宇去。天帝倒是心静，不再动不动就烦闷，便停了药。巫抵向天帝请辞，说要回灵山料理一些事，过些日子，再带些长生不老药来。天帝应允。

　　天帝又回到了穹宇。

　　穹宇已是天朗气清，只缭绕着淡淡的轻纱般的云雾。穹宇是雄伟的，也是柔和的。而夜晚在昆仑山大火的辉映下，它明暗交错，有着另一番亦真亦幻无与伦比的美丽。

　　穹宇还是熟悉的穹宇，而心情却不再重叠。天帝在殿外的露台上凭栏远眺，一任思绪自由驰骋。从诸毗山回来后，瑶苟的声音总在耳边回荡，心里既安慰又伤感，总觉得瑶苟离得并不远，思念也更深切了。也许哪天就遇到了，只是认不出而已，他安慰自己。随后，转过身望着空荡荡的露台，又想，如果这个时候有谁来来去去的，会不会就是瑶苟？天帝又想起迟由和长丘的拌嘴，觉得既好笑又无奈，忍不住摇了摇

追天神

头，在心里骂一声，之后是一阵难过，知道他俩再也回不来了……有什么法子，很多事就是如此，不管多难受，都得接受。天帝的思绪不住地飘飞，之后却被一个声音打断，"这不是天帝？我一眼就认出你啦！哼哼哼……"是蚩尤。天帝迅速查看，连个影子都没有。"哈哈，你抓不到我！"天帝再次查看，还是没有。"蚩尤这是缠上我了！"天帝很气愤。他想起去诸毗山前，蚩尤总是在脑子里晃，还在梦里扰乱他，害得他总也睡不好觉。这去了诸毗山回来，蚩尤就像跑到了跟前似的，一眼就认出他天帝来，死了还要接着干仗！天帝简直怒不可遏！他倒要看看他和蚩尤之间何时能了！但很快的，他想起了离仑说过的那些话，便尽力平静下来。他用离仑的话宽慰自己，给自己打气，相信有一天一定能将蚩尤的阴影彻底去除掉。

起走了过来，问："天帝，过几日去槐江山？"

天帝点了点头，"嗯，明天就去。"

"是。我这就吩咐他们准备。"就要退下。

"不用准备了，叫上融吾就行。"

"是。"起应道，没有马上离开。过了一小会儿，他问："天帝，要不要再多带些人马？万一有什么事，也方便些？"

"我是天帝，我怕谁！"天帝显得不耐烦，但还是说："好了，你也不用担心，下到昆仑山，我让陆吾再派两个跟着我就是了。"

起连忙答应，然后退下。

天帝从诸毗山回来后，睡得比之前踏实，心情也逐渐平静，大家都放心不少。闲暇时天帝还会去槐江山走走，常独自在树下坐一坐，偶尔嘴里念叨些什么，融吾或长乘站在稍远处，听不清他在说什么，至于他心里想些什么，自然也不会随意揣测了。在融吾他们看来，天帝的心事谁能全懂？又有谁能问？天帝有天帝的难处，每逢有战事，他都得一马当先，冲在征战的最前面，这岂是愿意或不愿意的？打起仗来腥风血雨的，不容易呀！天帝又能对谁讲？长乘自不必说，融吾也是在战场上待过的，懂得一些，但凡经历过残酷生死的，过后都不愿意再多提起，作为天帝就更是如此吧！融吾和长乘等算是离天帝最近的，也很难确切知道天帝的想法，唯有尽力做些能让天帝开怀的事。

这晚，天帝早早睡下，或许是有些累，也或许因为次日一早要去槐江山。融吾也抓紧睡了。起还在忙一些事，直到天暗下来，才发觉不对。

平常的日子，天黑后穹宇还是很亮堂的。昆仑山周围的大火日夜燃烧，生生不息，将穹宇的夜晚辉映得明亮绚丽。入睡的时候，只有拉上厚厚的麻布帘子，床榻上才会暗下来。然而今晚，夜幕渐渐降临后，穹宇却是越来越昏暗，差不多快要变得完全漆黑，幸而有零星清冷的月光漫不经心地擦亮了一些地方。

起一时发愣。一些天神、侍卫和仆从纷纷过来找他，还有一些女眷也慌了神，披着袍子跑出来问东问西，整个穹宇呈现出紧张的气氛。起很着急，不知道发生了什么。他摸黑来到殿外平台，也都是黑沉沉的，深重的云团几乎要将月光全部遮住，看上去快要砸下来一般。凭栏俯视，昆仑山周围的大火哪儿去了？灭了？除了云雾，没有一点火光。起忐忑不安。片刻后，他定了定神，再向远处眺望，看到一些星星点点、忽明忽暗的亮光。他呆呆地望了好久，难道那是昆仑山周围的火光？火光怎么会跑到了那里？他不敢往下想，决定先去报告天帝。才走了没几步，又停下来，想到这事一时半会儿解决不了，就决定暂不打扰天帝，只吩咐去把融吾找来，一起看看这是怎么回事。

融吾被叫醒后，看到屋里屋外全是黑黢黢的，很震惊，即刻来到起跟前。起要他在平台上看远方的亮光。融吾先是惊讶，之后是出神。过了好一会儿，他做了个深呼吸，让自己平静一下，然后说："穹宇飘走了。"

起也这么料想，朝融吾点了点头。

"真想不到！"融吾说，又忧心忡忡地问："要不要叫醒天帝？"

起说："刚才我也想叫来着，可这哪是一时半会儿能解决的？还是等天帝睡醒吧！"然后，不无担心地说，"明天一早天帝是要去槐江山的，这可如何是好？"

"是啊，怎么办？"

他俩决定让大家先去睡，只留下守夜的，一切都等天亮了再说。

一整晚，起和融吾都没合眼，干脆起来披上衣服，又接着商量。直到破晓，也没想出可行的办法。

天刚蒙蒙亮，天帝就醒了。哪里不对？素日，一睁眼，就会看到床边的帷幔上有光影闪动，浅淡而稀疏，很像是夜的最后一点余味。起床前常会用手去触碰那些影子，随着帷幔的晃动，看它们变来变去。今天是怎么了？帷幔上的影子呢？寝殿似乎也很昏暗，只有一点点微弱而模糊的冷光。天帝撩开帷幔的一角，殿内显得暗沉。他起身去了露台。露台上也是灰蒙蒙的，只有微弱的晨光。望着眼前的景象，天帝惊呆了。往常穹宇被昆仑山的大火日夜辉映着，永远的光华灿烂，而眼前的穹宇竟是如此的陌生，到处透着清冷黯淡，天帝从未见过这样的穹宇。往下看，除了厚重的云海，什么也看不见。昆仑山周围的大火一个夜晚就全熄灭了？不可能！天帝冷笑一声。之后，他看到了远方星星点点的亮光。

寝殿的侍卫和仆从听到动静，知道天帝已经起床，就去报告了起。起和融吾很快来到了寝殿的露台。

融吾一见到天帝就说："天帝，出事了！穹宇……"

"慌什么，不就是飘走了嘛！"天帝说。

起和融吾听天帝这一说，都愣住了。

天帝冷笑后，说："穹宇可不会自己飘走！要是知道是谁做的手脚，我可不饶他！"又望向远方，"飘得够远的。我倒要看看，谁有这等本事！"

起看一眼融吾，"会是谁干的？"

融吾一脸茫然，摇了摇头。

片刻后，起说："穹宇能稳稳地立于都广野上方，是因为有天帝的神力。"

天帝点点头，"嗯，没错。"然后对着起，"难道是我的神力不够了？"

"天帝一向威震四方，神力有谁可比？然而，天帝也是血肉之躯，难免会有疲惫的时候，如果有谁趁机……"

"哼！"天帝冷笑一声，"这胆子和力倒是不小！"天帝说。

"是呀，谁有这么大的胆子和力，与天帝作对？"

"我看他是不想活了！"天帝的话里带着怒气。

起忙说："天帝息怒。起这就去各处查查，寻找线索。"

融吾说："我也去。或许有谁看到什么。"

"嗯，去查！"随后，天帝叹了口气，"这下不用去槐江山了。"

起和融吾听了，心里很着急。然而，这一时半会儿着急也没有用，可他们还是着急。融吾突然闪过一个念头，"难不成有谁不想让天帝去槐江山？"

"我去槐江山惹了谁了？要搞出这么个动静？"

"是啊，天帝去槐江山能惹恼谁？"

起和融吾都想不明白，事情为何会变成这样？他俩在穹宇问了个遍，谁都说没看见什么。找不到线索，只得不住地想：问题究竟出在了哪里？

天帝也思忖，别说他天帝在这儿呢，就是不在的时候，穹宇也不曾飘离都广野上空。错不了，一定是有谁偷偷干的，天帝很肯定。那会是谁？蚩尤倒是厉害，可已经把他杀了，再说他也没有这么大的力。难道是又有谁想要来一争天下？天帝不寒而栗。得去下界才能查出真相，他想。想到去下界，天帝的心里急迫起来，告诫自己，得赶紧想出去下界的办法，不然恐怕要生出乱子。

"得想办法去下界。"天帝的声音很低沉，没有将内心的担忧流露出来。

起和融吾点头，觉得这确实是当务之急，天帝得尽快去到下界，还有很多事在等着他呢！可是，怎样才能去到下界？这很棘手。

大家一时沉默。

天帝从没想过会被困在穹宇。都说登天难，可现在，入地却变得难上加难。他用力揉了揉头，让自己保持清醒。

天帝想起了初次登上穹宇的情景，那是在很久很久以前了。那个时候，穹宇高悬于厚厚的云团间，在下界是看不到它的。有天，天帝将身体靠到了建木上，这建木是他亲手栽种的，已长成了参天大树，一阵大风呼啸而来，天帝的身躯随即顺着树干盘旋向上，直入云层。就此，一个气势雄浑、辉煌灿烂的穹宇展现在了他的面前，它是下界的任何都邑都无法媲美的，天帝登上了巍峨的穹宇，心中无上荣耀。从那时起，他凭借建木上天入地，豪气冲天，也更加奔波忙碌。而穹宇周围的云团渐渐消散，下界的众生得已仰望，惊叹不已。天帝则成了神力超群、威震四海的通天神，雄霸天下。而穹宇也在昆仑山周围大火的辉映下，越发的雄伟夺目。

谁曾想，穹宇竟飘离了都广野上方。没有了昆仑山周围火光的映射，穹宇不再璀璨，显得暗淡无光。天帝叹了口气，沉下心思索。这么多年来，在不断的巡查四方和连年征战中，他时常感觉疲惫、体力不支，这些又怎能瞒得住大家？穹宇真是神力不够才被推开的？他想，眼

150

通天神

前是茫茫天际。不管怎样穹宇都必须回到都广野上方，这事只能由自己来做。但，能做到吗？之后，他又追问道，除此之外还有别的选择？

⬤ 02

天又亮了一些。天帝素服素足，来到殿外最大的平台上。

融吾看着天帝想：天帝若是系上那条白色腰带该多好！可惜它留在了昆仑山，由小头子保管着，现在想取也取不了了，真是世事难料。

天帝在平台的中心，向东盘腿而坐，脸颊上是一缕晨曦的金黄。他双眼微闭，凝神静气，意守丹田，在平稳的呼吸中，不断积聚天地之真气。平台上没有杂音，起、融吾和长乘带了穹宇所有的人神兽，安静地坐于天帝身后。

能否将穹宇推回到都广野上方，天帝并无十全把握，除了尽力，再没有别的办法。得尽快去到下界，还有很多事等着要做，这么想着，天帝的气息急促起来，已聚集到体内的真气很快散去。他感到沮丧，甚至气愤，但极力克制着，脸上没有露出愠色。他心里明白，作为天帝哪有放弃的权力？无论如何都要拼命做到，否则后果不堪设想。

天帝每天破晓起身，去平台盘腿静坐，风雨无阻。冬去春来，直至仲夏。他感觉丹田积聚的真气似潮水涌动，势不可挡。终于，他两臂抱空，从腹部抬起，展开，发出震耳的吼声："浩——"气息充盈、连绵不断。

穹宇在吼声中有了震动，大家感觉到后惊喜万分。"动了！动了！"

有谁喊。

"安静！别说话！"起赶忙制止。

天帝也感觉到了，但没有停下，继续运气发力。

大约一个时辰后，有谁发现了什么，激动地指着前方，压低声音叫身边的看，那身边的看到后也跟着激动起来，又去叫其他的看……大家的激动也感染了天帝，天帝随即睁眼望去，心中亦是惊喜，那昆仑山周围的大火终于离近了！天帝很快调整气息，继续发力。然而，不管怎么努力，一个时辰过后，穹宇都没能再往昆仑山的方向靠得近一些。天帝神态自若，看不出丝毫沮丧。起和融吾劝天帝稍作歇息，他点头应允。天帝觉得安慰，坚持了这么久，总算推动了穹宇，不过，要让穹宇回到都广野上方，还需要长久的坚持。

天帝每天照常聚气发力。又过去了一些日子，昆仑山周围的大火似乎越烧越旺。大家很兴奋，相信穹宇被推回去的那天已经不远。

不知道又过了多久，大家却发现穹宇不但没离昆仑山更近一些，反而比先前离得远了。天帝的心情也不免沉重，担心终因神力不够，无法将穹宇推回到都广野上方。

起和融吾心里很担忧，但尽力克制着，不想被看出来。他俩私下与长乘商量。

起说："天帝的神力谁人能比？这么长久的聚气发力，能推动穹宇已是神奇。什么时候有过这样的事？太难了！"

"是啊！"融吾点头，又叹了口气，"穹宇回不去该怎么办？"

起紧蹙双眉，"哎，真是急人！咱们也都想想办法。一定得想出办法来！"

"要是还有办法，天帝会想不到？"融吾说。

长乘看了看他俩，说："我一直偷偷练习，积聚真气。天帝聚气发力时，我也在暗暗使劲。不过，好像没有用。"

"哎！"起叹气。

融吾听了长乘的话，思索了一会儿，然后说："我想到一个不算法子的法子。"

起和长乘要他赶紧说。融吾就将自己的想法仔细地说了，起和长乘边听边点头，"就用这个法子！"

"好，拼一拼！"融吾似乎有了信心。

"管不了那么多了！"起说，语气决绝。之后，马上就和他俩准备去了。

天刚亮，天帝依旧坐到平台上。他内心坚定，神情自若，专注于聚气。大家仍坐于天帝后方，在融吾、长乘和起的带领下，同时聚气。整个场面庄严肃穆。随着体内真气不断涌动，天帝专注发力，迸发出的"浩——"的声音洪亮持久，响彻穹宇。之后，穹宇有了明显的震动。天帝旋即起身，于跑动中聚气发力。他气息饱满流畅，动作既内敛有力，又刚中带柔，似行云流水，绵延持久。大家愣愣地望着，忘了聚气。天帝趁着运气发力的间隙喊道："愣着干什么！"大家回过神，赶忙起身，一心聚气的同时调整气息，与天帝步态联动，合力运化体内真气。天帝顿感神力大增，与大家一起发出雄壮之声，震撼天际。

穹宇又朝着都广野徐徐移动，昆仑山周围的大火看起来越烧越旺。就在大家快要筋疲力尽之时，穹宇轰隆一声定在了都广野上方。大家这才松了口气。大火再度将穹宇辉映得明亮灿烂。

融吾眼含泪光，说："终于回来了，真不敢想啊！"

起提起衣袖擦拭双眼，点了点头。

大家的脸庞被火光映得通红，眼里散发着光彩。他们激动地欢呼和感叹，久久不能平静。

天帝不知何时已经回了寝殿。起和融吾不去打扰，他俩想，天帝该好好歇息了。

陆吾很快上到穹宇来，听说天帝已经歇息，就同起和融吾说了一会儿话，并说明天一早再上来。起留他在穹宇过夜，陆吾说，不了，还有事。就回昆仑山去了。

起想，穹宇飘走后，陆吾一定比谁都急。他掌管着九域，有很多事要报告天帝。起呆呆地站了一会儿，又去了天帝的寝殿外。寝殿很安静，没有听到走动的声响。天帝太累了，应该已经睡下，起想，安心地往自己的屋子去。

03

一大早，陆吾就来了。他见到天帝很激动，倾诉了一番后，才开始

向天帝报告很多发生的事。他先是简单地汇报了一下之前积攒下的、大致办妥了的事情。

天帝听了只是点头，"嗯，知道了。"然后等着陆吾往下说。

陆吾稍稍停了一会儿，说："听说南方有个叫彭天的正在悄悄蓄积兵马。"

"彭天？"

"对，以前没怎么听说。"

"派两个得力的去查一下。要暗查。"天帝道。

"是。还有。"

"还有谁？"天帝提高了嗓门。

"一个叫孟严的，程州人，也在闹。眼下动静还不大。"陆吾说。

天帝火气渐大，"想干什么？蚩尤的下场没看到？"停顿片刻，"去查，查清楚！"

"好，我马上安排。"说完，陆吾仍旧站着，神情有些犹豫。

"怎么，这想造反的没个完了？"

"不是的。离朱说又结了不少上好的珠玉，要不要送点上来？"

"暂且不用，让他先采了放着。"

"是。"陆吾看到天帝的脸色和缓了一些，又说："英招说，这几天槐江山上的花开得到处都是。"

天帝点了点头，"嗯，知道了。你去吧。"

陆吾迟疑了一下后，便退下。有件事还没有确认，他不想再扰乱天帝的心情。

陆吾走后，天帝叹着气，自言自语："什么时候是个头啊！整天不是这里有事就是那里有事。"然后，叫来长乘，"你准备一下，跟我去南方。"

长乘说："好。还要谁一起去？"

"没有了，就你跟着我。"又嘱咐道，"不是马上。你先准备着，到时候说走就走。"然后说，"走，去下界。"

一路上，天帝一直在想陆吾说的一些话。他知道有些事情是不能选择的，必须去做，但又忍不住问自己，如果能选择，自己还会选择去做吗？随后马上又斥责道，怎么能这么想！他感觉到心绪不宁，只好命令自己，不准再胡思乱想。

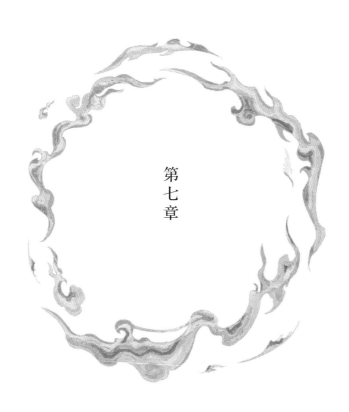

第七章

　　天帝和长乘到了昆仑山。山周围的大火熊熊燃烧，壮丽恢宏。天帝的脸庞被映得通红，他的心中更是感慨，想起了在穹宇上看不到火光时的心情，以及无路可走、一心蓄气发力的艰难……终于，穹宇又回到了都广野上空，昆仑山周围的大火还是那么明亮壮观！天帝觉得什么都没变，这令他安心踏实，可又好像哪里变了，却说不清楚。他一阵哽咽。过了好久，心情才稍稍平复。他要自己暂时先离开一下。于是，嘱咐了陆吾一些事后，就和长乘往槐江山去。

　　槐江山上，花开得漫山遍野的，浓烈而芬芳，一切都很明朗舒展。在这里就像置身事外，阳光明媚，岁月温柔，那一切的艰险、战乱似乎都不曾发生过。

　　天帝就着石头坐下，望见比邻的诸毗山，想起了之前去见离仑的事。他沉浸在思绪中，渐渐地竟有些恍惚，似乎那已是久远的事了。过了好久后，又禁不住想，这两座山紧紧挨着，却又大不相同。槐鬼离仑不能出诸毗山半步，却自在洒脱，恬静超然。真正的仙人就是离仑这样的吧？如果能走出诸毗山，他会选择离开那里吗？即使哪一天再见到离仑，天帝也不会去问的，有些事情难有结果，就算有，未必只有一个，谁又能确定哪个是对的？天帝又想了很多，内心有一些起伏，于是做了一个深呼吸，让自己静下来。他看一眼四周，英招及其手下都跑开了，估计是被长乘支走的，而长乘自己也不见了。天帝知道长乘就在附近，为的是不要打扰到他天帝的独处。

他舒展一下身躯，走到帝女桑前。帝女桑开满了黄黄的花朵，天帝凑上去闻了闻花香，眼里尽是温柔。

"阿父，你来啦！"

"来了，阿父来看瑶荀。"天帝自言自语。每次来这里，他总是在脑海里听到小女的呼唤。他多想再看到她，哪怕只是一眼。自从见了离仑后，那些情感深处的伤痛也得以渐渐地化解。很多事是强求不得的，和瑶荀的相见早已成了渺茫，就算见到应该也是认不出来的，这么想着，虽然还有心酸，但知道不必期待什么，心里便也安然。那天在诸毗山上能听到瑶荀的声音，他已经很满足了。

"阿父，你过来，过来呀！"

天帝愣住了，呆呆地望着帝女桑。

"阿父，抱我上去。"

天帝依旧发愣，树的前面是空荡荡的。

"阿父，我要坐到树上去。"仍是瑶荀的声音。

天帝猛然惊醒，瑶荀，我的瑶荀！他意识到就在此刻，自己真真切切地听到了小女的声音。"瑶荀，你在哪儿？我是阿父！"他激动地四下寻找。

瑶荀的声音没有了。

天帝定一定神，没有放弃，接着说："瑶荀啊，你知道阿父多想你吗？你看得到阿父，就多说说话。要是能让阿父看你一眼……"天帝说不下去了，望着帝女桑。

远处的一团白云幻化成少女娉婷的身姿，轻盈而至。"瑶荀，瑶荀！"天帝激动地张开双臂，想要抱住"瑶荀"。而"瑶荀"又迅速化作云团，飘然而去。天帝木然地望着。不一会儿，瑶荀的声音又起，云紧跟着过来，瞬间化作白泽的样子，天帝刚要喊"瑶荀"，白泽又化为了荀草的形状。天帝激动不已，连连喊着小女的名字。"瑶荀"的声音断断续续地传来，说的都是儿时的话，听上去缥缈而空灵。但"她"始终都听不到天帝的呼唤。"荀草"也很快化作"游龙"，一溜烟跑了。

之后，"瑶荀"没再出现，也没再"说话"。斜阳为帝女桑的花朵涂上了橘色。天帝对着帝女桑注视了一会儿，然后冲它说："走啦！"就往回去。他心里很安慰，觉得瑶荀定是看到了他，才化作云来见他。不管怎样，我今天见到了瑶荀，瑶荀也见到了我，他对自己说。他慢慢往回走着，喃喃自语："以后阿父来了，你就出来见一面，说说话，好让阿父知道你在这儿。"

长乘在林子里偷偷抹了抹眼睛，然后朝着天帝跑过来，"天帝，这就回去？"

"嗯。"

162

追天神

"刚才在北坡看到两块怪石头。"长乘边走边说。

"山上的怪石头多着呢！"天帝并不惊讶。

"那两块石头不是一般的怪。"见天帝没吭声，又说，"我刚坐上去也没觉着什么，可我起身摘了果子后再要往上坐，天帝你猜怎么着？原先坐过的那块没法坐了。"

"变样了？"天帝随口说。

长乘惊讶地望着天帝，"天帝知道啊？正是！我再瞅一眼旁边的那块，也变了！"

"那其他的石头呢？"天帝停住脚问。

"倒没注意，好像没变。"

天帝的思绪还没有从对瑶荀的思念里完全转过来，于是说："下次来的时候再说吧！"

长乘说"好"，就不再提了。

02

天帝一回到穹宇，起就禀报说，查到穹宇为何飘离都广野了。

天帝问："谁捣的鬼？"

起说："据查是北方的大长人干的。"

"大长人？离得那么远，怎么跑这儿来了？"天帝冷笑一下，"难不成就是为了把穹宇推走？吃了豹子胆！"很快又说，"穹宇高不可攀！飞得再高的鸟，这辈子都别想碰它一下！大长人竟能推得了穹宇？荒唐！"停顿一下，又问："真是他们干的？怎么弄的？为什么要这么做？"

听了天帝这一顿数落和发问，起赶紧顿一顿喉咙，缓一下后说："这件事确实让人纳闷，大长人一向也没做什么不好的事。"

天帝微微点了下头，神情和缓下来。

起接着说："先是有谁听到些传闻，报告给了陆吾，陆吾觉得蹊跷，就派了犬首鸟身兽忽至连夜赶去大长国，想弄清楚是怎么回事。也是巧了，没出多远，就看到有几个大长人在往回走，忽至一问，才知道正是他们推走了穹宇。"

"反了！把他们几个给我抓到昆仑山去！"

"天帝息怒。他们没有恶意。"起连忙说。

天帝板着脸，没有吭声。

"大长人向来过得闲适。这几个大长人正巧在这一带闲逛，他们说，时不时就看到天帝去槐江山，莫不是有难解之情？"

天帝听了火气更甚，怒斥道："大胆！敢揣测天帝之心！有几个脑袋？抓起来！"

"天帝且听我细说。"起急着要替大长人解释，怕天帝加重误会。

天帝虎着脸，不等起说，又加一句："我常去槐江山走走，心情好得很！"

"是呀，大长人哪知天帝的胸怀！"起接着说："这几个大长人想着自己个子奇高，可以将穹宇推开。他们也是为天帝着想，并无歹念。"

"穹宇是那么好推的？"

"正是。他们以为自己无所不能，一个接着一个地站到肩上，眼看着穹宇就在眼前，但他们的手却怎么也碰不到。"

天帝嘴角微扬，没吭声，他要听下去。

"大长人没想到会是这样！他们急了，就跑到海上的神山去，问仙人借了仙风，将神山上空的云团都吹了过来，然后隔着云团用力推开了穹宇。他们说……"

"说什么？"

"他们说，天帝不去槐江山，心情会更舒坦。"

"哈，想得真周到！这些个大长人！"天帝觉得好气又好笑。想了想，还是说："他们闯了祸，不能当作没发生过，就这么算了。"考虑了一下，说："念他们没什么坏心眼，土地就不削了，个子得缩短，免得再生事。"

起连忙说："天帝说得极是。"

天帝用神力将大长人的身子缩短了不少。可在众生眼里，他们还是太长。就此，大长人推走穹宇的事算是过去了。

天帝照常去下界各方巡查，操心天下之事。空闲时他还是常去槐江山。他待在帝女桑前，而"瑶荀"再也没出现。瑶荀的声音偶尔还能听到，不过说的还是从前说过的那些。每当有她的说话声，天帝都赶紧与她对话，却没有任何回应。天帝虽然一时落寞，但也知道不可强求。他还是照常去，有时候对着帝女桑自言自语地说上几句，有时候只是坐一坐，什么也不说。能偶尔听到瑶荀的说话声已经很安慰，至于别的就没那么重要了，反正知道她在，或许哪天"瑶荀"又会出现，这么想着，心情便能平静下来。

长乘见天帝总是在帝女桑前坐着，就再次提起了怪石头。天帝起身说："看看去吧！"就随长乘往一处花草密集的幽静地去。

到了之后，长乘指着面前的石头说："就是这两块。"

天帝看了看石头，一块扁圆，一块略方，都很普通。他另找了一块平整的大石头坐下。

"它们又变回了原来的样子。"长乘盯着石头说。

"你也坐下。"天帝命令他。

长乘呆呆的，还是站着。

"坐吧，这里没别人。"

长乘犹豫一下后，坐下。

天帝的大手掌抚摸着石头，"槐江山上所有的东西都有灵性，要不怎么说是神山呢！"

"嗯！"有个声音，既不是天帝的，也不是长乘的。

天帝和长乘都听到了。长乘快速起身，警觉地查看四周，没发现动静。他们相视后，都看了看石头。

通天神

石头还是原来的样子。

天帝轻轻拍了拍石头，"好多事想不到啊！就说这石头，谁知道是个什么来由？"

"天帝，天帝！"声音又起。

天帝也站了起来。迟由？他在哪儿？天帝看了看周围，然后把目光落到石头上，"迟由，怎么啦？"

长乘也看向石头。

"喊什么喊！天帝又不在这儿。"是长丘的声音。紧接着听到一声"哎——"，好像在伸懒腰。那块略方的石头的上半部还扭动了一下，之后，它的右上方拱了起来。

"长丘，太放肆了！"长乘对着石头呵斥道。

天帝摆了摆手，又坐了下来，并示意长乘也坐下，"他俩看不到我们，也听不到我们说话。"

迟由的声音再次传来："真珠又弄丢了？我要去告诉天帝！"

"哎！天帝失了真珠，派知的去找，没找到，让离朱去找，也没找到，离朱可是长了六只眼！你迟由本事大，找了半天不还是没找着！最后是我——长丘，找着了！"

"没错，你是找着了。可是，不还是被你又弄丢了？等于没找着！"迟由越说越来气，"走，跟天帝说去！就说你找到了珠子，累得睡着了，醒来一看，真珠又丢了！"

天帝听了直摇头，苦笑一下。

长乘也觉得好笑，这俩不管到了哪里，都要争论不休。他看了看天帝，心想，或许在天帝看来，他们倒是很有趣。

"哎！到了哪里都是冤家。"天帝又坐了一会儿，然后摸了摸两块石头，对长乘说，"走吧！空了再来。"就起身离开了。

路上，天帝说："这俩就爱吵。在一块儿也好，做个伴，省得冷清。"长乘觉得天帝的心情轻松了不少。

此后的日子，天帝忙完了事，就来山上借着帝女桑和瑶茼说说话，或是坐到两块石头旁，听听迟由和长丘的争吵，忍不住还会冲着石头骂两句。多数时候，两块石头并不出声，仿佛是迟由和长丘转了性情，不再争吵。天帝就冲他俩说："怎么不吵了？"见没有说话声，又加一句："这下消停了。"

长乘时常想：涿鹿之战、穹宇飘移，还有这个那个……一路走来，多么艰难啊！经历了这么多，天帝的心情是越来越平和。长乘还时常听到天帝念叨："离仑说得没错，瑶茼还真露了一次形。不容易啊！迟由和长丘就跟还在我身边似的，只是他俩认不出我了，可我认得他们，如今都成了石头，还是那么爱吵。石头就石头吧，总比不知道他们是什么强。"听了天帝这番话，长乘心里很宽慰，还偷偷告诉了起和融吾。

04

起每天早上去天帝寝殿问安，并安排当天的事情。另外，还要快速报告从昆仑山传来的最新发生的事。

这天一早，起和融吾一起到了天帝的寝殿。

天帝见他俩一块儿过来，就问："发生了什么了不得的事？"

起说："陆吾派婴勺来报，说离朱看到远处有个身影，很像那穷。"

"那穷？"

"不过，"起面露难色，"说是没多会儿又不见了。"

"哦？"天帝觉得蹊跷，想了想说，"走，去昆仑山。"他迅速起身，披上袍子，即刻就带了起和融吾赶往昆仑山。

到了昆仑山，陆吾已经等在了殿外，周围还聚集了众神兽。小头子也飞了过来，站在数斯的背上。陆吾派去找那穷的龙身鸟头神还没回来，那穷已经先到了。他满脸疲惫，见到天帝，喉咙哽咽，说不出话来。

天帝看着那穷，说："你受了伤，还伤得不轻。"

那穷点了点头，尽力平复自己的心情，"我先敷了翠羽草，后来在低洼处发现了旱莲草，又敷了一段时日，还服了不少。这些日子，觉得好多了，就赶着回山上。"

"哪那么容易死，我一早知道你活着！青女呢？"

那穷一脸迷惑，"怎么？她没回来？"

陆吾说："压住了风伯雨师后，她就不知去了哪里。"

"我望着她走的，还以为她是回穹宇呢！"那穷说。

起叹了口气，"回来的时候找不到你，青女也一直没下落。"

那穷着急地说:"她会不会出事……"

天帝厉声道:"青女活着呢!"又说,"就是不知道在哪儿。"过了一会儿,摆了摆手,"罢了!青女就爱自在,就由着她去吧!"

大家纷纷点头。有谁说:"隔了这么久,那穷不还是回来了?说不定哪天青女也会回来!"

又有谁接了一句:"是啊,还有应龙。"

短暂沉默后,天帝说:"嗯,那是自然。"又问那穷:"你都到了昆仑山,怎么又不见了?"

这一问,那穷立即上前一步,说:"我是到了,可我看到了欢儿,那个跟着帝后走的幽鹙欢儿。"

天帝的身子往前倾了一下,"哦?看清了?"

"看是看清了。我追上他,叫他的名字,可他光是看着我傻笑,好像根本不认得我。不管怎么问他,他都不搭理,后来干脆躺下装睡。"

长乘忍不住插一句:"怎么不把他带回来?"

"哎,我不也在后悔嘛!"那穷拍了一下脑袋,"没想到他趁我不注意,一骨碌爬起来就跑了。"

融吾说:"瞧你说的,欢儿哪有你那穷跑得快?"

起也在一旁点头。

"说是这样,他钻到哪里就不知道了。我在附近找了好半天,都没找着。哎,我寻思再耽搁下去不是个事,还是先回来报告天帝吧!我一路在想,欢儿是不是就躲在附近,瞧着我在到处找他。"

大家都笑起来。

天帝想了想说："大伙儿说说，这事怎么看？"

大家先是一愣，然后众说纷纭。

有的说："欢儿是怎么搞的？竟会认不出那穷？"

"不能够吧，会不会是那穷认错了？也许不是欢儿？幽鹨长得都差不多。"

"欢儿不会是吃错了什么吧？或者，是故意的？装傻可是幽鹨最拿手的。"

大家又笑。天帝也忍不住笑了出来。

"欢儿真会这样？"谁又说了一句。

"要不再去看看，或许就能找到。"

"对！把欢儿找回来，就知道帝后在哪儿了。"

……

天帝对起小声说："大家说的都有些道理。"

起有些惊讶，天帝平时可不会就这么说出来。起大胆推测道："那穷看到欢儿这事不简单，或许有什么蹊跷。"

天帝微微点了点头，若有所思。

陆吾说："天帝，我带几个手下去把欢儿找回来？"

天帝说："不用，你只管看好各处。"又交代给他和起一些事情，最后道："大伙儿说的各有道理。先去忙吧，这件事我自己来办。"

于是，大家散去。小头子先停在横梁上想了一下，然后飞走了。

天帝让那穷休息一下后随自己出发，同去的还有融吾和长乘。

小头子又来了，还带了仆从。仆从手里捧着天帝的那条白色腰带。

"小头子，这是干吗？"长乘问。

小头子只顾着对天帝说："天帝啊，系上它吧！这一路会很顺的。"

天帝笑了笑，"小头子花样真多。系上吧！"

小头子便指挥仆从系好腰带。

随后，天帝就带着融吾、长乘和那穷出发了。

他们沿着发现欢儿的原路找过去。到了一块洼地，那穷说："就是这里。"

洼地上长着很多锯齿草、夙条、黄棘和嘉荣，还有一些蒙木和天楄。大家散开寻找。文文和诸怀受到惊动跑开了，耳鼠也嗖地一闪而过，就是没看到欢儿。

找了一会儿，天帝说："哪有欢儿的影子？看来这里并不是他常待的地方。"又往四周扫了一眼，自言自语的："这个欢儿，这么久了还留在昆仑山上，许是记得这里，却为何认不出那穷？"又说，"不知道瑶媓是不是还和欢儿在一起？"

融吾有点意外，天帝可是很少说出他的内心所想。他对天帝说："不如我再去别处找找，可以多些发现。"

天帝没吭声，担心融吾会有危险。

融吾就说："我跟那穷一起吧！有了事，他跑得快。"

天帝考虑了一下，"好吧。找不到的话，最晚一个时辰内要回到这里。"又捡起小石头，在一棵天榀的方形茎干上刻了鸟的图案当记号。

天帝和长乘往东走，融吾和那穷则往南去。大家找了又找，一个时辰不知不觉快过去了，还是毫无线索。

长乘说："天帝，不如先回去会合，之后再去别处找？"

天帝望着四周说："欢儿会不会就在这附近？"

长乘也往四周看去，说："也许吧！"

天帝没往回走。长乘不再说什么，只是接着找。

融吾和那穷往南去了很远，却连欢儿的影子都没见。那穷盯着日头看了看，说："估计快有一个时辰了，要不先回去？说不定天帝那里有什么发现。"

融吾点了点头，然后趴到那穷背上。

那穷驮着融吾，一溜烟跑回了原地。见天帝和长乘还没回来，就在原地等。

而此时，天帝和长乘也正往回走。

"报告天帝！"小头子突然飞来，落在长乘肩头。

长乘吓了一跳，大喊："小头子，好大的胆！敢跟踪天帝！"

天帝倒不惊讶，看一眼小头子，"说吧，看到了什么？"

小头子满脸惊奇，"不愧是天帝呀！"随后兴奋地叫道："我看到欢儿啦！"

"在哪儿？"天帝和长乘同时问。

"离这儿不很远，不过走的话就有点远。"

长乘急着问："究竟在哪儿？"

小头子飞到天桸的枝头上，望着东面说："在那儿！"

"奇怪，我们刚从那边来。"长乘说。

"嗨！我是躲在树上偷偷看到的。要是他看到有谁过去，还不得先跑呀！"

长乘火气上来，"他跑？我把他抓回来！"看到小头子不屑的表情，忍了忍问："他往哪儿去了？"

"东面。不是说啦！"小头子用它那尖尖的喙朝东面点了点，又飞回到长乘的肩头，神秘地说："欢儿不知道我跟着他。我见他进了一个园子。那园子里有个大大的庭院，庭院的地上没有土和草，全是小石子，太阳照得猛，那些小石子五颜六色、亮闪闪的，把我的眼晃得呀！"小头子来不及喘口气，急切地往下说，"我还看见庭院的周边有好多花草，还有些茅舍。那些茅舍不很大，样子奇奇怪怪的，有的像果子，有的像大石头，还有的像土罐子。庭院中有人来来去去的，还有好些鸟和兽。"

"没看到帝后？"长乘急着问。

"没有。"

"那叫山狗的狡呢？"长乘又问。

"哪来得及啊！我又没跟着欢儿进去，只悄悄地看了几眼。"

长乘盯着东面看，"我怎么觉得你说的那个地方根本就没有啊！"

"奇就奇在这里！"小头子说，"我怕被发现，往后退了一些，那个园子就不见了。"为了证明自己没乱说，又望着东面要长乘再证实一下，

"是吧，前面可都是花草树木和山坡，哪里有什么园子！"

天帝也纳闷，这可不是小头子想编就编得出来的。于是说："先和融吾他们会合，然后一起去看看。"说完，就要往会合地走。

"还是我去吧，我快。"小头子说着，眨眨眼，"我知道你们的会合地。就算他俩还没回到那儿，我也能找着他们。我会很快带他俩过来的！待会儿从这儿过去近，还省时。"小头子说罢，见天帝默许，就飞走了。

"这小头子，一路跟踪，还偷听。"长乘说。

天帝笑笑。

"小头子说得有鼻子有眼的，一会儿说看到了欢儿，还有什么园子，一会儿又说看不到。真搞不懂！"长乘说。

天帝找了块大石头坐下，"那穷不也看到欢儿了？看来欢儿还在山上，或许真就离我们不远。"又忍不住四下看了看，"到底在哪儿呢？"

长乘只是应着，不知道说什么好。没多久，小头子就带着融吾和那穷过来了。

路上小头子已经把刚才的事说了。他们一到，融吾马上说："天帝，我们这就跟着小头子去吧？"又问小头子，"还认得路吗？"

小头子说："当然啦！我悄悄在沿路扔了黄棘。"

"嗯，小头子很机灵。"天帝赞许道。然后对着大家，"走吧，过去看看。"就大步朝东去。

小头子飞到前面带路。走了一段后，到了一个岔口。往东的路歪歪斜斜的，而且不止一条，该怎么走？大家分头找地上的黄棘。最后在几个道口都找到了黄棘，这下傻了眼。放眼望去，看不到小头子描述的园子的影子，都担心是不是他记错了。

天帝说："小头子再想想，还记得什么？"

小头子急得用脑袋撞树。融吾轻轻握起他，放到自己的肩上。

小头子突然大叫："想起来啦！再往前走有棵桃树，上面有好多桃子，欢儿路过时还摘了两个呢！"

"好，找到桃树就知道往哪儿走了。快去找！"天帝说。

大家很快找到了桃树。小头子冲大家"嘘"了一声，低低地飞着带路，大家跟着。走了一段，还没有到。

融吾问："没错吧，小头子？"

小头子轻声道："就在前面。"

融吾将小头子的话传了大家。大家向前面望去，还是熟悉的昆仑山，长满了绿树花草，一些飞禽走兽在自由地跑动飞翔。

天帝感叹道："这昆仑山上还有多少我不知道的地方！"

长乘问："小头子，怎么没见前面有园子啊？"

"小头子说的地方就是有也不好找。"那穷补一句。

小头子急了，"是不好找！可是，园子明明就在前面，我看到过的呀！"说着，又扯起嗓子喊："欢儿，你在哪儿？"他好懊恼，自己是通过欢儿才看到那座神秘的园子的，但却偏偏忘了欢儿是怎么进去的。只好说，"这会儿，欢儿要是在园子外面就好了！"

"别急，先静一静，也许还能想起些什么来。"天帝对小头子说。

大家也都安静下来。

从哪里传来了一些说话声。大家相互看看，神情很兴奋，赶紧开始找入口。

这附近没有什么特别的，就是些花草灌木，远处有些大树。天帝蹲下身，用大手掌轻拍各处，俯身倾听，很快，他的一只手掌停在了一大簇铺地的知风草上，又用另一只手点了点。大家凑过来听，说话声不大，好像是隔了一段路传过来的，但又感觉不那么远。那些声音听上去很奇特，语调像一根平线，没有起伏，透着不同寻常的平静。

"怎么会在草下面？"小头子糊涂了。

"你们在做什么？"身后有人说话，语调跟从草下面传来的一样。

大家回头看，一个面目清秀的男子站着。他目光清幽淡然，身穿麻本色裼衫，头顶束着髻，其余长发披在肩后，而黑灰两色发带则垂至胸前。

天帝对男子说："我家叫欢儿的幽鹍离开许久，有人看见他入了这一带的园子，我们是特地来找他的。"

"欢儿？没听说过。"男子还是原来的声调。

那穷有些失望，"那山狗就更不知道了。"

长乘上前一步，刚说："这是——"

天帝摁了一下长乘的手臂，然后说："听说园子就在这里，可是我们找不到。请吉士指点一二。"

男子说："园子里没有你们要找的欢儿。"

小头子插嘴道："也许欢儿改名字了！"

融吾同意小头子说的，"对，很可能。"

男子看一眼天帝，想了想说："这位壮士，要是真找到了欢儿，你们打算把他带走？"

"嗯，是想这样……"天帝点了点头。又想，壮士？听着不赖，像是换了一个自己。他嘴角微微扬了一下。

融吾补充道："我们还想找到跟欢儿在一起的，"停顿了一下，"家姑，以及山狗。"

"哦，这恐怕很难。"男子说。

"我们能找到他们，只要带我们进园子。"小头子抢着说。

男子说："即便找到了他们，他们恐怕也不会跟你们走。"

"啊？"大家都糊涂了。

天帝想，先找到再说。于是请求男子："请吉士带我们进园子可好？他们果真在园子里的话，或许见到我们，就愿意随我们回去了。"

男子轻轻叹了口气，"好吧，跟我来。"随后，直接踏过知风草，来到就近的两块大石头前。石头间的距离在天帝看来简直就是一条缝。

小头子觉得奇怪，"怎么是这里？"

大家看看他，也疑惑起来。男子不理会小头子，从容地侧过身，从石头间穿过，即刻消失在了那一边。

小头子惊恐地喊："他人呢？"

遮天神

大家也很惊讶，是啊，人呢？都停在了石头前。

天帝想，这里有玄机。还有，自己这身形能过得去？他没有挪脚。

"过来吧。"是男子的声音，还是平得没有声调。

融吾上前一步，说："让我先过。"

小头子啐他一下，"还是我先过。"

"你个子太小，过了也没用。"融吾握住小头子，把他交给了长乘。融吾的个子比男子要大不少，很难从石头间通过，他要先试试。

天帝想，自己是天帝，遇到的事还少吗？什么时候退却过？再说，退却有什么用！他示意融吾让开，然后果断地往两块石头的中间跨去，跨的时候，也侧了一下身。天帝没有受到任何阻隔，就到了石头的那一边。随即，也消失了。

"天帝！"小头子忍不住叫了一声。

"过来吧！我看得见你们。"是天帝的声音。

融吾、长乘和小头子先后过去。最后是那穷，一下就钻了过去。

大家的眼前是一片林子，有些花草树木很奇特，没怎么见过。小头子看到一种草，叶子很像蕙草叶，茎干却像橘梗，就落到上面，说："哎？这到底是蕙草，还是橘梗？"

男子说："是菁蓉。"

小头子张大了嘴，不敢再问。他又东张西望的，嘴里嘀咕："怎么和我看到的园子不一样啊？"

男子指着一个方向说："园子在林子那头，穿过去就是。"

大家朝那边望，没看到园子。园子被林子挡住了。

男子领着大家来到园子里。没等大家看园子，男子就说："你们去各处看看吧，不知道有没有你们要找的人和兽。如果要回去，园子里的人都能送你们出去的。"说完就走开了。

大家一时发愣，望着男子离开的背影。

小头子迫不及待地喊："快看园子，是不是和我说的一样？"

被小头子这一喊，大家才仔细看园子。平时山见得多了，像这样的园子倒是没怎么见过。就像小头子说的，这里有着大大的庭院，庭院的地面上全是五色小石子，太阳照在上面，闪着好看又耀眼的光芒。庭院的周围有很多的花草树木，还有些飞禽走兽。站在园子里，大家感觉这里既是陌生的，又是有些熟悉的。很多花草从来没见过，混合的香气扑鼻而来，又在不经意间悄悄散去，新鲜而神秘。当看到蘼芜、蕙和蔻脱，大家又不免兴奋，觉得这里与自己生活之地并没有离得多远。飞禽走兽在林间花草丛出没，有一些是没见过的。大家最留意幽鴳，急着想确认是不是欢儿。庭院里有三三两两的人在走动，看上去都面貌端正，神态安详，身上的裙衫都很素净。有些茅屋零零星星地坐落在庭院周围的树林里，形状各异，正像小头子说的那样，有的像果子，有的像大石头，还有的像土罐子。

小头子很得意，问："我说得没错吧，这些茅屋是不是很有趣？"

"嗯，是很有趣。"融吾回道。他心里想，要快些找到帝后他们。

就近的地方都找了，没有帝后瑶媓的身影，也没看到欢儿和山狗。

追乐神

大家着急起来，可看到园子里的人都是平平静静地从身边走过，心情也平和下来。

"多看看，总能找到。"天帝说。

这里的人来来去去，各干各的，时不时的互相说两句。他们说起话来也和那个男子一样，平稳得听不出语调。见天帝几个走过，并不显出惊奇，依旧带着一丝微笑，平淡恬然。天帝想，也许偶尔会有谁从外面进来，就像现在的自己和融吾他们。这里，没有谁认得自己，也不需要天帝。这里的人管我叫壮士，我来是为了找我的娘子。天帝心里生出奇异的感觉。要不是急着找瑶媓他们，在这里简直可以说是轻松舒心的。他想到了自己常年巡视下界，四处奔波，还要跟蚩尤这样厉害的对手打仗，其中的艰辛谁又能完全懂。激烈的战争场面一个接一个地在脑海里闪现，天帝感觉头脑发胀，使劲揉了揉，想尽快摆脱掉。

大家又往里找了一会儿，还是没找到帝后他们。长乘指着远处的林子说，不如去那边看看。林子里好像有不少人在走动。天帝点了点头。小头子说，我先去瞧瞧，就飞了过去。小头子停在远处的大桑树上看了一会儿，回来说，那边的桑树林里有好多女子踏着竹梯在采桑。天帝听后马上带了大家过去。

桑树林很大，清香四溢。几个身穿浅色素服的女子正在将采下的桑叶放到筐箩里。怕惊动她们，天帝几个只在稍远处察看。那里面没有帝后瑶媓。大家又分头细找，还是不见帝后的身影。日头偏西了，天帝想，还是找不到怎么办？他看到桑树林后面隐约有几个榛果形状的茅屋，就对融吾说："走，过去看看。"让长乘、那穷和小头子在原地待着。

天帝和融吾走近"榛果"。几个女子端着笸箩、水罐什么的进进出出，看到他俩也不惊讶。天帝和融吾往里看，里面有些暗，看不太清楚，只大致看到一些女子正忙着，大概是在养蚕。

一个女子正走过去，天帝上前询问，刚要开口，那女子一眼看到天帝身上的腰带，遂问"是哪儿来的"。融吾赶忙说："不知道是谁送的。"马上又问："你知道它？"女子犹豫了一下，说："很像是淑元织的。这么好的手工，除了她，还会有谁？"天帝和融吾听了很惊喜，赶紧说要找的正是叫淑元的女子，并请她进去跟淑元说一声。

女子很快进了"榛果"，之后，出来另一个女子。天帝和融吾立刻认出了她，帝后瑶媓。

"瑶媓，你果真在这里！总算找到你了！"天帝激动地迎上去。

"你是谁？"女子似乎有些意外，往后退了两步，淡淡的表情里透着一丝困惑。

"帝后。"融吾叫了一声。

"帝后？"女子看着融吾，神情茫然。

融吾急了，"帝后，这是天帝呀！来接你的。"

"天帝？"女子看了看天帝。

天帝顾不得多想，急切地说："瑶媓啊，没想到在这里找到了你！跟我回去吧，我们去槐江山看瑶荀！"

女子呆呆地望着天帝，喃喃自语："瑶媓？瑶荀？"随后，看到了天帝的腰带，盯着看了一会儿，然后说："这是我织的。那天，说是要拿去……"又看看天帝，"我不认得你。"她神情平静。

天帝叹了口气，显得很无奈，好像是对着融吾，也好像是对着自己，"哎！都不记得了。怎么会这样？"又来回走了几步，着急地说，"这可怎么好？"

"是呀，帝后怎么会不记得了？"融吾也着急，不知道该怎么办。

"我不信，瑶媓会忘了瑶荀？"天帝走到女子跟前，说："我是天帝，你是帝后，跟我走！离开这里，我会让你想起过去的。"

融吾也说："对，帝后，跟天帝回去吧！"心想，好不容易找到帝后，还是先出去，离开了这里，或许帝后就会全都想起来。

女子摇摇头说："我哪儿都不去。我一直就是住在这里的。你们说的我实在想不明白。"

"帝后！"融吾大声喊。

"我不叫帝后，我叫淑元。"

"瑶媓，你清醒一点好吗？"天帝还是坚持。

淑元依旧神情平静，"我以前叫帝后和瑶媓？"又微微点着头，眼神缥缈，"你们一定是我的故人。"然后，看了看园子，"在忘园我什么都不记得了。你们说的这些，我好像从来就不知道。"

"忘园？"天帝和融吾感到意外，不由地看了看园子。

淑元点了点头，"对，这里是忘园。"

天帝沉默。片刻后，缓缓地说："瑶荀，你也忘了？"

"瑶荀？"淑元摇了摇头，"我不知道她是谁，也是我的故人？"

"她是……"天帝望着淑元，说不下去了。瑶媓失去瑶荀的痛苦他是知道的。而眼前，这个叫淑元的女子很平静，已经将过去的所有彻底忘干净了。天帝又忍不住看看四周，对着这园子想，这里阳光温暖，花香四溢，鸟声轻快柔和，没有激动和喧闹，一切都那么适意安详。

"这里很好，若是喜欢可以住些日子。"淑元带着一丝微笑说。

天帝和融吾对她点了点头，没再说什么。

淑元说："我还有活。"然后转过身走了几步，端起地上盛着桑叶的筐箩，顶在腰间，并顺手理了一下桑叶，"蚕宝吃了这么好的桑叶，结的茧子一定又白又亮，能出上好的丝呢！"又对着天帝和融吾说："我去忙了。"就往"榛果"里走去。

天帝怔怔的，望着她的背影。"榛果"里面走动的人看上去模糊不清，淑元进去后，也很快变得模糊了。

小头子飞过来兴奋地叫道："我看到欢儿啦！我喊他，他不回我，只冲着我傻笑。可我知道，他就是欢儿！"见天帝和融吾都不吭声，又问："还是没找到帝后？"

"找到了。"融吾说。

"太好了！那我们是回去，还是住下？"

"帝后不认得天帝了，自然不肯跟我们走。"

"啊？那怎么办？"小头子愣住了，停了片刻，若有所思地说，"怪

184

逆天神

不得欢儿冲我傻笑，准是没认出我来。哎！"又在融吾肩上走了两步，绞尽脑汁地想办法。之后，他灵机一动，对着天帝说，"天帝呀，要是我们在这儿住些日子，每天和帝后讲讲以前的事，说不定她就会想起我们了！"

天帝没吭声。

融吾说："我去找个人来，问一下这里的情况。"

天帝还是不说什么，默默走着。

长乘和那穷见天帝和融吾往回走，忙问找得怎样？融吾就把刚才的事说了。

小头子抢着说："也许我们要在这里待些日子。"

那穷看看园子，故作轻松地说："在这里待着也不错嘛！"

小头子听了很高兴，"这里有帝后，有欢儿，说不定还有山狗呢！就算他们忘了我们，我们可认得他们呀！"

融吾朝小头子使眼色，要他别闹。然后，和长乘一起去找人。

巧的是，他俩在园子里又碰到了先前领大家进来的那个男子，于是，便请了他来问一些事。

融吾说："我们找到了家姑，还有欢儿！可是他们竟不认得我们，不肯跟我们走。原来这里是忘园，家姑和欢儿已经完全忘记了我们。我们能不能在这儿打扰些日子，或许他们会想起我们，跟我们一起离开。"

男子停了片刻，说："住下可以，但是你们也会忘记所有的过去，连自己曾经是谁都会忘记。"

大家很惊讶。

天帝问："万一他们愿意跟我们回去，离开这里后，能再想起以前的事吗？"

"哪怕还需要很多时日。"融吾很快接了一句。

男子摇了摇头，"离开园子也不会想起什么。过多久都一样。"又看一眼大家，"我也忘记了过去的一切。"他说得很平静，听不出有任何的愉快和难过。"还有什么事，可以去那边找我。"他指了指方向，并微微致意后，去忙自己的事去了。

大家很沉默。一阵风吹过，有些猛，却没留下任何痕迹。

天帝独自坐到石头上，望着这片园子，想着心事。忘记有什么不好？在忘园里忘记过去的一切，不再记得过往所有的人和事，像瑶媓这样，不悲不喜，心如止水。再者，还能把蚩尤、风伯雨师也都忘得干干净净，连同陆吾提到的彭天和孟严。就在忘园做个壮士，不再是天帝，与瑶媓，不，是与淑元相守，平静地生活，没有任何的烦心事，岂不自在？想到这里，天帝不由舒了一口气。可是，很快的，他再次想起了彭天和孟严，要是他们哪天起了祸乱，天下又将不得太平，这使他陷入忧虑中。过了一会儿，他又想到瑶荀，难道连瑶荀也要忘了？还有起、陆吾、駮、英招、领胡、青女、应龙、迟由和长丘……他们和所有的过去都要从记忆里被抹去？天帝逐个儿看着眼前的融吾、长乘、那穷和小头子，接着往下想，如果留在这里，大家自然不会分开，但却会忘了彼此是谁。天帝的喉咙像被什么堵住似的，一阵难受，心里更是悲凉。过了好一会儿，他深深地吸了一口气，猛地站起身，对自己说，绝不能这样！浑身的热血在奔腾，涌起巨大的力量。

"走，我们回去！"天帝说，随后迈开脚步。

大家望一眼忘园，什么都不再说，没有片刻犹豫，紧随天帝离开。

一个男子送他们出了园子后，马上就消失了。大家再看，还是两块石头，但总觉得它们的形状和进去时的不太一样。两块石头悄无声息地立在那儿，守着忘园。

那穷看着石头说："不如我再穿过去试试，你们若是看不到我，便是我又进到了里面，好歹能听得到我说话，没什么可担心的，我会很快出来。"看没有谁附和他，又说，"这要成了，下次再来不就容易了！"说着就要往石头间穿行。

天帝拽住他，从地上捡起一块小石子，往那石头间扔去。小石子轻松地飞了过去，咚的一声落在了那一边，蹦了一下，就不动了。

大家的视线落在小石子上，若有所思。

过了一会儿，长乘说："跟做梦似的。"

"嗯，好歹去过。"停顿过后，天帝又说："该记住的得记住，该忘掉的就尽力忘掉，忘不掉就让它在那儿吧！不碍事。"最后还补一句，"或许，这也不是什么坏事。"

大家听了，边思索边点头。之后，随天帝离开。

走了几步后，大家又忍不住回过头去看，这一看，都吃了一惊！小头子叫道："大石头没啦！"马上又担心起来，"下次怎么找？"

是呀，石头刚刚还在。大家呆呆地望着，脸色变得凝重。融吾看一眼天帝，说："小头子大惊小怪。你带路的时候也没找到原先的入口，我们不还是进去了？"

小头子听了后认真地想了想，很用力地点了点头，"嗯，你说得对！"

天帝露出一丝笑意，"倒是干净利索！"又扫了大家一眼，"好啦，发什么呆！这里又不是忘园。"然后看看日头，"走吧！赶紧的，还有好多事呢！"就带着大家往回去。

此刻，正值傍晚，天高风急。放眼望去，高悬的穹宇气势恢宏，而昆仑山周围的大火也是越发的雄浑壮阔，热烈地承载着漫天深邃的晚霞，天地连红，光华四射。天帝和融吾几个不再说什么，只在心里感受着彼此的心绪。想到以后的日子，他们更是心潮澎湃，大步行进在这广袤而永恒的天地间。

画天神

《山海经》
《海内经》

西南黑水之间，有都广之野，后稷葬焉，爰有膏菽、膏稻、膏黍、膏稷，百谷自生，冬夏播琴。鸾鸟自歌，凤鸟自儛，灵寿实华，草木所聚。爰有百兽，相群爰处。此草也，冬夏不死。

在西南方向的黑水一带，有一个地方叫都广野，后稷就埋葬在这里。这里有膏菽、膏稻、膏黍、膏稷，各种谷物自然生长，冬夏都可以播种。鸾鸟自由地歌唱，凤鸟自由地舞蹈，灵寿树开花结果，草和树生长繁茂。还有各种鸟兽在此群聚。这里生长的草，无论寒冬还是炎夏都不会枯死。

191

注释

《海内经》

有木，青叶紫茎，玄华黄实，名曰建木，百仞无枝，有九欘，下有九枸，其实如麻，其叶如芒。大皞爰过，黄帝所为。

有一种树木，青色的叶子，紫色的茎干，黑色的花朵，黄色的果实，名字叫建木。它高达百仞，树干上不长枝条，树顶上有（九根）蜿蜒缠绕的枝杈，树下面有（九条）盘结交错的根节，它的果实像麻子，叶子像芒树叶。大皞靠它上天。建木是黄帝栽培的。

192

通天神

《海内西经》

海内昆仑之虚在西北，帝之下都。昆仑之虚，方八百里，高万仞；上有木禾，长五寻，大五围；面有九井，以玉为槛；面有九门，门有开明兽守之，百神之所在。在八隅之岩，赤水之际，非仁羿莫能上冈之岩。

海内的昆仑山在西北方向，是天帝在下方的都城。昆仑山，方圆八百里，高达一万仞。山顶上长着一棵大树般的稻谷，高达五寻，需五个人才能合抱住。昆仑山上有九口井，都以玉石为栏；还有九道门，由叫做开明的神兽守卫着，是众多的神聚集的地方。聚集之地在八方山岩之间，赤水之畔，非仁人和像后羿那样的有才艺者是不能攀上这冈岭岩间的。

原文

《西山经》

西南四百里，曰昆仑之丘。是实惟帝之下都，神陆吾司之，其神状虎身而九尾，人面而虎爪。是神也，司天之九部及帝之囿时。

有鸟焉，其名曰鹑鸟，是司帝之百服。

译文

再往西南四百里，是昆仑山，它是天帝在下方的都城，由天神陆吾主管。这个天神有着老虎的身子和九条尾巴，长着人脸和老虎的爪子。他掌管天上九域的部界及天帝苑囿。

有一种鸟，叫鹑鸟，主管天帝日常生活中的各种器具和服饰。

194

通天神

《西山经》

原文

又西三百二十里，曰槐江之山。丘时之水出焉，而北流注于泑水，其中多嬴母。其上多青雄黄，多藏琅玕、黄金、玉。其阳多丹粟，其阴多采黄金、银。实惟帝之平圃，神英招司之，其状马身而人面，虎文而鸟翼，徇于四海，其音如榴。南望昆仑，其光熊熊，其气魂魂。西望大泽，后稷所潜也。其中多玉，其阴多榣木之有若。北望诸毗，槐鬼离仑居之，鹰鹯之所宅也。东望恒山四成，有穷鬼居之，各在一搏。

译文

再往西三百二十里，是槐江山。丘时水从这里发源，往北流入泑水，水中多蟆螺。山上有许多石青、雄黄，还有很多的琅玕、黄金、玉石。山的南面多细粒的丹砂，山的北面多带文理色彩的黄金、白银。这里是天帝悬在半空的园圃，由天神英招主管。英招的样子是马身人面，身上有老虎的斑纹和鸟的翅膀。它巡行四海传达天帝之命，发出的声音如同抽水。往南可望昆仑山，那里火光熊熊，气势恢宏。往西可望大泽，后稷就埋葬在那里。往北可望诸毗山，是槐鬼离仑居住的地方，也是鹰和鹯等鸟类的栖息地。往东可望四重高的恒山，穷鬼们居住在那里，各以类聚。

注释

《大荒北经》

原文

有系昆之山者。有共工之台，射者不敢北乡。有人衣青衣，名曰黄帝女魃。蚩尤作兵伐黄帝，黄帝乃令应龙攻之冀州之野。应龙畜水，蚩尤请风伯雨师纵大风雨。黄帝乃下天女曰魃，雨止，遂杀蚩尤。魃不得复上，所居不雨。

196

译文

有座山叫系昆山，上面有共工台，射箭者因为对共工的敬畏而不敢将箭射向北方。有个人穿着青色的衣服，是黄帝一方的天女叫魃。蚩尤制作了各种兵器用来攻打黄帝，黄帝便派了应龙去冀州的原野迎战蚩尤。应龙积蓄了大量的水，而蚩尤请来风伯和雨师兴起狂风暴雨。黄帝就降下天女魃助阵，大雨被止住，于是杀了蚩尤。魃神力耗尽难以回到天上，她所居住的地方降不下雨水。

《大荒西经》

大荒之中，有山名曰丰沮玉门，日月所入。有灵山，巫咸、巫即、巫盼、巫彭、巫姑、巫真、巫禮、巫抵、巫谢、巫罗十巫，从此升降，百药爰在。

在大荒中，有一座山叫丰沮玉门山，是太阳和月亮降落的地方。有一座灵山，巫咸、巫即、巫盼、巫彭、巫姑、巫真、巫禮、巫抵、巫谢、巫罗十个巫师从这里上下，采药往来，山上生长着各种各样的药草。

注释

图书在版编目（CIP）数据

通天神/肖燕著；黄千惠绘. -- 上海：上海文艺出版社,2023.7

ISBN 978-7-5321-8748-5

Ⅰ.①通… Ⅱ.①肖… ②黄… Ⅲ.①长篇小说－中国－当代 Ⅳ.①I247.5

中国版本图书馆CIP数据核字(2023)第113614号

发 行 人：毕　胜

责任编辑：毛静彦

友情策划：罗　英

装帧设计：水　水

书　　名：通天神

作　　者：肖　燕

绘　　画：黄千惠

出　　版：上海世纪出版集团　　上海文艺出版社

地　　址：上海市闵行区号景路159弄A座2楼 201101

发　　行：上海文艺出版社发行中心

　　　　　上海市闵行区号景路159弄A座2楼206室 201101 www.ewen.co

印　　刷：上海安枫印务有限公司

开　　本：787×1092 1/24

印　　张：7.25

字　　数：113,000

印　　次：2023年7月第1版 2023年7月第1次印刷

I S B N：978-7-5321-8748-5/I·6894

定　　价：48.00元

告 读 者：如发现本书有质量问题请与印刷厂质量科联系　T:021-64348005